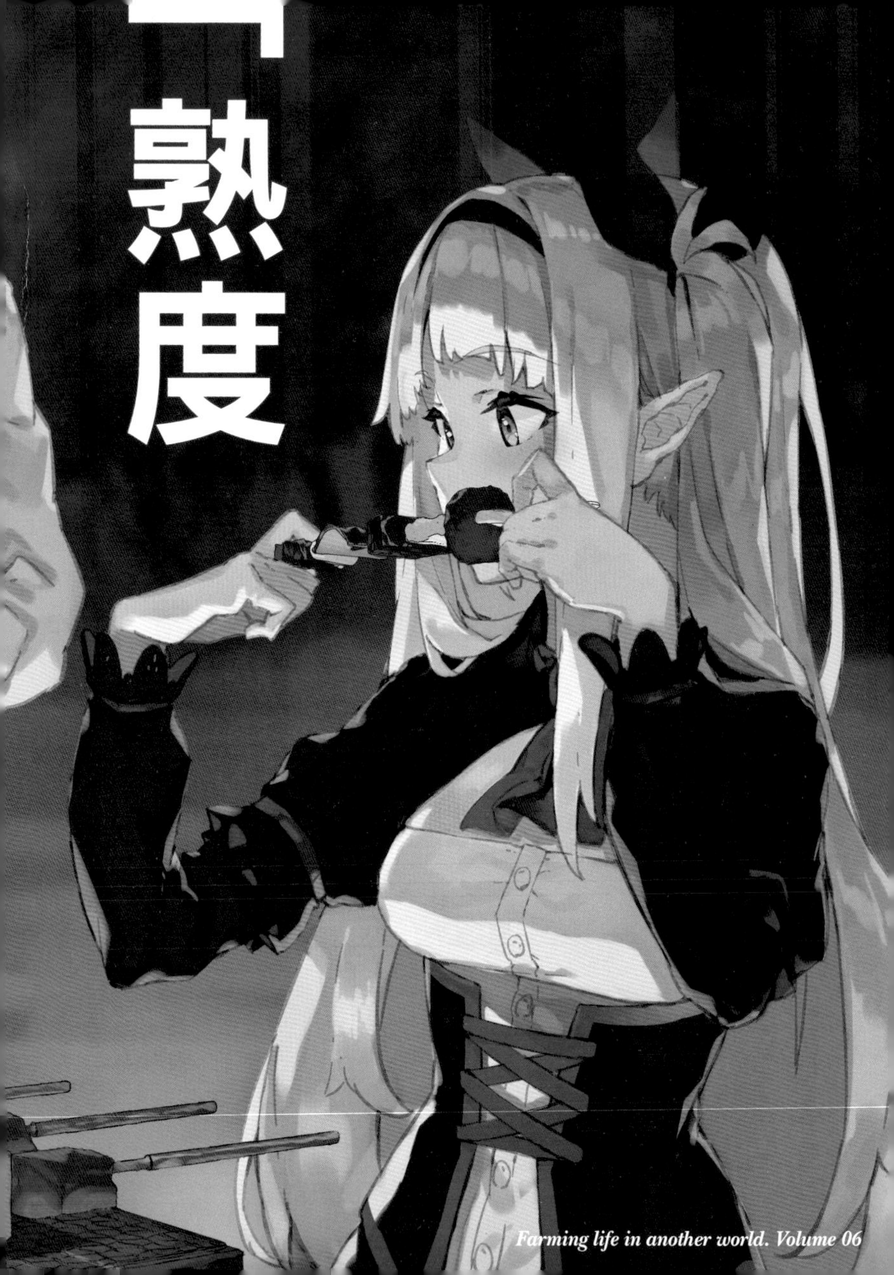

熟度

怎麼樣？」

『吾空腹。』
一重
（九尾狐）
Hitoe / Nine Tails

「由我來支配這裡吧。」
陽子
（九尾狐）
Youko / Nine Tails
Farming life in another world. Volume 06

「大豐收

異世界悠閒農家

Farming life in another world.

Presented by Kinosuke Naito

Illustration by Yasumo

異世界悠閒農家

內藤騎之介

插畫 やすも

Farming life
in another world.

Kadokawa Fantastic Novels

異世界悠閒農家

Farming life in another world.

Prologue

Presented by
Kinosuke Naito
Illustration by
Yasumo

〔序章〕

佛格馬

太陽城是座浮在空中的城。

但它並非單純飄浮，能夠自由移動。

所以，太陽城既是城也是船。

理所當然地，若想讓它在萬全的狀態下航行，就需要工作人員。

建設太陽城的人，安排了最優秀的工作人員。

那就是十六名墨丘利種——佛格馬家族；為了太陽城而創造的人工生命體。

他們被賦予輔佐城主的地位，以及另一項工作。

貝爾　副船長

阿薩　城主專屬管家

希伊　城內警備主任

優兒　武裝管理主任

伊其　儀典長
芙塔　領航長
米優　會計長
葛沃　操舵長
洛克　公務祕書
娜娜　情報長
哈其　輪機長
可可　餐廳長
托吾　城內船管理員
伊雷　通訊長
圖威　城主專屬護衛

哈利　暴徒鎮壓人員

工作不是隨便決定的。

佛格馬一家被賦予相對應的能力與知識，讓他們適合自己分配到的工作。

要說有什麼缺少的，那就是經驗了。不過，在太陽城完工之前，他們已經到各地努力修業，以彌補這部分的不足。

佛格馬一家的工作水準都在一流之上。這讓他們引以為傲。

「可可雖說是餐廳長，不過主要負責管理城內糧食，所以不會下廚就是了。」

貝爾說完坐到椅子上。

「妳在和誰說話啊？」

出聲詢問貝爾的是葛沃。此處看不見他的身影。

「我在自言自語。話說回來葛沃，你能動了嗎？」

「還需要差不多兩百個小時。」

「知道了。等你可以動之後，要去和村長打聲招呼喔。」

「了解。阿庫他們怎麼樣了？」

「和平常一樣努力喔。」

「這樣啊。」

「你真愛操心呢。」

「哼！阿庫是城主，為他操心沒什麼問題吧？」

「是這麼說沒錯啦。話說回來，差不多該談正事了。你把我找來應該不是為了閒聊吧？」

「……昨天，我檢查了倉庫的備品。」

「都是因為一閒下來就去做些多餘的工作，你才會一直沒辦法動喔？」

「之所以一直沒辦法動是因為城堡老化和維修不足。如果狀態萬全，我要活動連一秒都用不著。」

「話是這麼說沒錯……所以呢？檢查備品之後怎麼樣了？」

「我找到貴重的東西，希望妳向村長報告。」

「貴重的東西？」

「就是這個。」

「…………喔，在這個時代的確算是貴重物品呢。我知道了，等你醒來之後一起去吧。」

「呃，我希望妳可以馬上去。」

「我、我一個人去？」

「要不要帶阿庫一起去？」

「他連盾牌都當不了吧？」

「別拿阿庫當盾牌！呃，我之前確實也曾經拿他當盾牌……但不至於演變成需要盾牌的情況吧？」

「是這樣嗎？他們不會覺得是我們把貴重物品藏起來嗎？」

「如果是那位村長，應該不會這麼想吧？」

「村長不會，但是周圍的人……」

「這個嘛，周圍那些人的確很恐怖……不過我覺得展現誠意才是最佳解答。」

「是這樣沒錯，可是我一個人會怕。」

「好啦、好啦，等到本……等到我能動之後，就一起去報告吧。」

「不愧是葛沃。那麼，我也會好好盡城主首席輔佐的責任……如果有個萬一，你可要保護我喔。」

「這我倒是想拒絕耶。」

佛格馬一家，今天依舊努力工作。

「啊，葛沃。要不然你再維持個一萬小時不能動也可以喔。」

「別做無謂的抵抗。」

Farming life in another world.

Chapter,1

Presented by
Kinosuke Naito
Illustration by
Yasumo

〔第一章〕

夏沙多市鎮與過冬準備

我叫夏佛。

魔王國里格男爵家的嫡子。雖說是男爵，不過既沒有傳統也沒有歷史，算是靠最近五十年左右的活躍才成為新興貴族。

其實，我們經商相當順利，根本不想當什麼貴族——這才是我們家的真心話。

不過，在某侯爵家的領地陷入糧食危機時，我們運了許多糧食過去，因此受到嘉獎成為貴族。正確說來是被迫成為貴族。

因為侯爵家付不起我們里格家運過去那批糧食的費用。於是我們得到男爵的地位，以此代替報酬。

有沒有這個爵位，在做生意時的難度確實不同。

但是，總有人一直在背後說我們是用錢買到爵位。令人非常不爽。

雖然不爽……但我也交到了完全不在乎這種事的朋友，或許算得上好事。

現在，我正努力想讓這位朋友轉職為戀人……不過嘛，路應該還很長就是了。

好啦，這樣的我呢……有個嗜好，或者說壞習慣。

那就是美食。

我非常喜歡好吃的東西。家裡僱用的廚師，就是我特地去王都某家知名餐飲店挖角來的。

他做的菜天下第一。我始終這麼相信。

這份信心產生動搖，是在我下榻於夏沙多市鎮最好的旅館，吃到他們端上來的餐點時。

我早就聽說過有關夏沙多市鎮料理的傳聞。人家說：「那邊非常不得了喔。」「東西很好吃喔。」

沒吃過真正的美食，才會說得那麼誇張——當時我在內心竊笑。沒吃過正牌美食的人其實是我。

這讓我明白人外有人。

我不禁想挖角這家旅館的廚師，但是沒有採取行動。

因為我的朋友這麼說道：

「不要只付出金錢，還要付出敬意。」

我原本以為，對於廚師最大的讚美，就是出錢僱用對方。

然而很遺憾，事情並非如此。

對於廚師最大的讚美，就是再次去光顧。

我預定在這裡住兩個晚上。如果待久一點，就能觀賞在這個城市舉行的大型武鬥會了。

嗯，就拿這件事當理由，在這個城鎮多留一陣子吧。

爸爸應該也不至於太生氣吧。

該說我的世界為之一變嗎？

當時我在旅館享用最昂貴的餐點。

雖然已經嘗過不少菜色，但我覺得它最美味。

坐在隔壁的那個獸人族男子也吃同一道料理。

這人很懂嘛。

嗯…………他那份主菜的肉，是不是比我盤子裡這塊還要大啊？喂喂喂，旅館的廚師啊。對客人有差別待遇不太好吧？

不，我倒不是說不能有差別待遇。既然要有差別，也該讓我這份比較大吧？我覺得這樣才對耶……

唉呀，不行。這樣就成了壞貴族了。

冷靜。沒錯，要冷靜思考。

我在這裡已經吃了不少次，同一道菜的分量總是一樣。

換句話說，這裡的廚師是刻意製造差異。

…………

或許是肉質不佳，為了賠罪才增加分量——會是這樣嗎？也不是不可能吧。

獸人族男子吃了一口，隨即皺起眉頭。如果我的推理正確，他應該是注意到肉質不佳了。這人很了解什麼才叫美食嘛。

嗯？他拿了什麼出來？沾了些東西之後才吃？雖然不知沾了什麼，以餐桌禮儀來說這樣可不行喔。

他吃得津津有味！沾、沾了什麼？那是什麼！

「把、把那個……」

賣給我！不對！不是這樣！

「分我一口！」

拜託你！

交涉到最後，他分了一點點沾完某種東西的肉給我。

品嘗的瞬間，我受到了強烈的衝擊。

我過去吃的究竟是什麼啊？

原本以為是天下第一美味的東西，變得淡而無味。毫無起伏可言。

但是，這種調味料讓原本毫無起伏的滋味變得立體，味道變得濃厚。好厲害，太厲害了。

老實說，我曾經想過，遇上美食的時候該做點動作表現一下。

拍手、脫衣、跳躍。

啊，我怎麼會考慮這麼愚蠢的事呢？

如果真的好吃，人就會只顧著吃。

啊！

肉沒了！不知不覺就消失了！誰偷走的！是誰！老子宰了他！

…………

是我？是我吃掉的嗎？

呼……

讓腦袋冷卻下來。冷靜。沒錯，要冷靜。

獸人族男子……還在吧？很好。

「再一點，再一點就好！」

獸人族男子是個好人。

他把帶在身邊的三種神祕調味料，全都分了我一點。

醬油、味噌與美乃滋。

啊，每一種都好好吃。

唉呀，不可以舔。否則一下就會用完。得珍惜才行。

還有，每天晚餐和這位獸人族男子暢談，成了我的例行公事。

儘管這樣令對方覺得有些困擾，但是能分享這種感動的人只有他。

糟了。

我從沒想過自己會這麼愚蠢。

這位獸人族男子應該是冒險者吧。他參加在夏沙多舉行的武鬥會，並且贏得優勝。真是厲害。

一起吃飯的時候，完全感覺不出來。

還有，在目的……武鬥會結束之後，他可能就會移動到別的地方，這種事任何人想一下都會知道。

我完全沒想到。

之後我開始尋找這人。

目的雖然是他的調味料，但我也有事要找他。

畢竟他分給我那麼多調味料，卻沒收過錢。

儘管已經道過幾百次謝，不送點什麼東西總覺得過意不去。

唉，還沒找到嗎！

也向冒險者公會提出委託！

在那之後又過了不知道多少時日……

關於調味料的事，我聽說在魔王國部分高層之間有流通，於是展開交涉。

流通中心是以派系來說算中立的克洛姆伯爵，這點幫了大忙。

我要盡可能參加他們那裡的餐會。

嗯，已經得到父親大人的許可了。

雷格家似乎也有進貨。那邊的餐會我也要出席喔。

我遭受了衝擊。

又是在夏沙多市鎮。我和這裡有緣。嗯，真的。

端到我面前的料理，咖哩。

裝在小容器裡的湯，拿麵包沾著吃。

好吃！不，太好吃了！

我感動得哭出來了。

之後就是一連串來勢洶洶的發展。

只說重點。

我再次見到那位獸人族男子，他名叫格魯夫。

炸雞真好吃。美乃滋超讚的。啊，檸檬也不錯。胡椒……胡椒？可以隨便我用？啊啊，好想全部買下來。

不識相的貴族闖進來時，我稍微用了點魔法提供支援。

保齡球，不錯耶。套圈圈……相當難。射靶……嗯，看來我沒有弓箭的才能。

還有這家店的員工餐是極品。

改變咖哩配菜和香料比例的試做品不用說，還有可樂餅、炸豬排、天婦羅……

對了、對了，報告晚了點。

我目前在咖哩店馬菈工作。

「馬可仕代理店長，本日備料完畢，請您確認一下。」

「嗯……技術不錯。ＯＫ。接下來我們看看鍋子。」

「好的。」

貴族？身為貴族的我已經死了。在這裡的我已經脫胎換骨。

送封信通知朋友吧。

她會不會對不再是貴族的我不感興趣啊？就算是這樣，我還是希望她能來這家店吃東西。

我做的咖哩……還不能端到客人面前，所以希望能讓她嘗嘗我做的員工餐。

吃完咖哩再試也無妨。

間話　戈隆商會的會議

每隔幾天，小型飛龍就會在「大樹村」與我們戈隆商會的總店之間來回。

一週一隻。

抵達戈隆商會之後，牠們會休息一天，接著返回大樹村。

據說「大樹村」在龍山另一邊，「死亡森林」的正中央。

雖然聽起來像是玩笑，但如果是從那裡飛來，代表牠們飛了很長一段距離。

用羊肉慰勞牠們應該不為過吧。

戈隆商會為小型飛龍蓋了專屬小屋。

此外，為了避免在城鎮裡引發問題或遭到冒險者討伐，我們事先已經去各個地方打點過。

雖然就算不做這種事，應該也沒有人會笨到去攻擊脖子上纏著高雅圍巾的小型飛龍，但是我們商會的老闆十分謹慎。

儘管曾經有謠言說他想退休，不過他目前依然精力充沛地活動，彷彿要破除那些傳聞一樣。

而且感覺他變年輕了。如果有什麼祕訣，真希望他能教教我。

唉呀，動作得快一點才行。

小型飛龍一到，代表很快就會有人來叫我。還是快點餵羊肉吧。哈哈哈，你也在等是吧？別急，慢慢吃吧。

唉……能不能私下飼養小型飛龍啊～？

我叫賽德羅。

為戈隆商會效力六十年。

是已經年過七十的老將……不，老頭子之一。

和預期的一樣，或說和預定的一樣，有人來叫我了。要開會。戈隆商會的最高階幹部齊聚一堂。

這次的參加者，有商會老闆麥可．戈隆會長、下任會長馬龍．戈隆、商會的會計負責人提特．戈隆，以及商會的採購總負責人蘭迪．戈隆。

除了這四個人之外……會長祕書、國內流通管理負責人、交易事業管理負責人、船舶事業管理負責人、專門接待貴族的特別外務負責人、接待非貴族人士的外務負責人、生產部門負責人，還有商會警備負責人。

至於我，則是以夏沙多市鎮總店店長的身分參加。

不久之前總店店長還是由會長兼任，不過他近來變忙了，所以交給我負責。

會議的內容我知道。就是夏沙多大屋頂相關事宜。

雖然直接帶給戈隆商會的利益不多，但是在場沒有人感受不到它的價值。

正因為如此，就算事務繁忙，大家還是盡可能參加這次會議。

不過嘛，也是有人把目標放在會議結束之後的餐會……有這點好處應該無妨吧。而且東西很好吃。

會議由馬龍少爺主持。

「感謝各位在百忙之中聚集至此。那麼，馬上進入正題……」

馬龍少爺替戈隆商會爭取到了夏沙多大屋頂的部分經營權。

不僅如此，他幾乎每天都會去夏沙多大屋頂露臉，精力充沛地到處活躍。

原本還有人質疑他的能力不足以擔任下任會長；但因為這樣，現在那些人都安靜下來了。

「已經決定好夏沙多大屋頂的南邊要設立什麼了。」

與會者頓時議論紛紛。

因為「大樹村」的村長做出了決定。

截至目前為止，已經和「大樹村」的村長信件往來許多次。

內容全都在會議上公開過。

村長提出了「大浴場」、「學校」、「訓練所」和「賭場」等各式各樣的意見。

最先提出的記得是「水族館」。

由於沒聽過「水族館」這種東西，當時我們相當納悶。

似乎是會擺上許多水槽，在裡面展示海洋生物的設施。

這種設施沒見過也沒聽過。

村長覺得這裡臨海應該很容易蒐集到那些生物，才會這樣提議。

我原本認為，這裡臨海所以應該不怎麼稀奇……可是調查結果令人驚訝，街上居民對魚其實不怎麼清楚。

雖然大致上認得出魚類和貝類，卻不知道是什麼魚、什麼貝。

村長似乎是想透過展示海洋生物，教導大家分辨能吃的海產和不能吃的海產。

聽到之後，我恍然大悟。

魚類和貝類裡頭有毒的不少，危險性很高。所以，甚至有人只因為是魚和貝類就不肯吃。

大概也是因為想在咖哩店「馬菈」推出海鮮咖哩，才會考慮到這點而提議吧。嗯，眼光放得真遠。

另外，只要魚和貝類的名字在商人之間傳開，要採購或販賣也會變得比較容易，也能告訴漁夫自己想要哪種魚。

目前，我們都是收購漁夫帶來的貨，因此難以弄到想要的魚。

就漁夫的立場來說，由於不知道哪種魚的收購價格比較高，所以也很少帶特定種類上門。

目前只有部分具備經驗與知識的人，能夠靠這門生意賺大錢，這個提議會打破現況。不過，因為不是直接造成影響，所以人家很難抱怨。

真漂亮。

可是，問題在於地點。夏沙多大屋頂在城鎮北側，海卻在南側。

村長似乎是擔心這點，所以實際準備了小型水槽測試……不過相當麻煩。

魚要連同海水一起運送。

光是這樣還不行。

根據村長的說法，想讓魚在水槽裡活下去，需要下工夫。雖然這部分有點難，我不太明白，但是馬龍少爺似乎聽得懂。不愧是少爺。

到頭來，雖然在夏沙多大屋頂南邊設立「水族館」一事，因為運輸和設施方面的問題而取消了，不過在鄰近港口處建設「水族館」的計畫正在進行。

好啦，那麼村長最後決定要弄什麼呢……

「話先說在前面，在這裡講的全都是極機密。不准告訴家中妻小，也禁止告訴親兄弟。」

這是馬龍少爺慣例的臺詞。

不過嘛，參加這場會議的人裡頭，沒有會讓情報外流的蠢貨。

只是，他今天顯得特別興奮耶。是因為已經決定好要蓋什麼的關係嗎？

確實，如果情報外流導致人家跑來妨礙或模仿，會造成戈隆商會的困擾。

雖然聽說村長是個寬宏大量的人，不過那或許是因為用得著戈隆商會。還是小心為上比較好。

「要蓋在夏沙多大屋頂南邊的設施，是『車站』。」

馬龍少爺這句話令我相當疑惑。

「不好意思，請問『車站』是什麼樣的設施？」

最年輕的生產部門負責人舉手發問，大概是注意到現場的氣氛吧。

馬龍少爺應該已經料到會有這種疑問，於是拿出早已準備好的地圖。一張夏沙多的略圖。地圖上有個很大的標記，位於夏沙多大屋頂南邊。好幾條線從標記往外延伸。由於顏色不同，所以很好辨認……不過這些線是？看起來好像是按照大路……

「讓馬車沿著這些線跑。而『車站』將會成為馬匹的休息地點、車輛的維修地點，以及讓客人上下車的地點。」

「是貨物集散地嗎？如果是這樣，城鎮東西兩側不是都有個大的嗎？」

交易事業管理負責人提問。馬車相關事宜屬於他的管轄範圍。

「不對，馬車要載的是人。」

「就算是旅行馬車的設施，城鎮兩側一樣有啊？」

「不是旅行馬車。這是在城鎮裡移動的馬車。」

「在城鎮裡移動的馬車？」

「沒錯。馬車會按照固定的時間、固定的路線行駛。要在哪裡上下車都無妨。按照計畫，預定環狀路線是三十分鐘一班，往返路線則是一小時一班。」

「啊，原來如此。所以線才會拉到主要設施的旁邊。」

的確，線是往東南西北的重要設施延伸。其中一條，就是這間戈隆商會總店。

「但是，就算可以自由上下車，也沒有人會因為這種距離就付錢搭馬車吧？」

這點也沒錯。

搭馬車雖然輕鬆，卻絕對算不上便宜。因此，甚至會被視為有錢人的象徵。可信度有多高？大概是拜訪某些大商會時不搭馬車去就會吃閉門羹的程度。常用馬車的人往往自備，其他需要搭乘馬車的人也會去找馬車公會。

恐怕沒什麼人會利用這種服務。不，應該會有吧？大家在意的是價格。

「價格要定多高呢？」

蘭迪少爺問道。

與之相對，馬龍少爺則是頓了一下才回答。

「免費。」

…………

現場一片安靜。

免費？可以免費搭乘馬車？的確，這樣應該會有人搭。但是，這麼一來馬車的開銷該怎麼辦？馬需要飼料，車伕也得付薪水。

我們的疑問大概也在意料之中吧，馬龍少爺接著說：

「資金就靠廣告費來賺。」

廣告費？這是什麼意思？雖然對馬龍少爺很抱歉，但是我不懂什麼叫廣告費。

「馬車的側面還有內部會裝上看板。至於看板的內容，好比說……」

『我們的麵包又香又軟。戈隆麵包店。地點在北大路的～』

原來如此，宣傳嗎。

至今的看板，都是設置在固定的地點。

就算是通知，也只是寫在設施牆上而已。

將這些宣傳交給馬車。

側面是給和馬車擦身而過的人看，內側大概是給乘客看。

「一開始應該都是戈隆商會和咖哩店『馬菈』的廣告吧。但是，注意到效果的人就會出錢。」

嗯，的確沒錯。就算為此出錢也不會讓人覺得可惜。沒有異議……嗯？

我發現一件事。

免費馬車在街上往來，應該會有人搭乘吧。之前因為時間不湊巧而沒辦法去的地點，也變得能夠移動了。人潮的流動會改變。不，不僅如此。土地的價值也會變。

距離馬車路線近的土地會漲價，馬車沒經過的土地則會跌價。

…………

腦袋彷彿被狠狠敲了一下。城市將有所改變。其他人似乎也發現了。

接著馬龍少爺又說：

「一開始就講嘍。在這裡說的全都是極機密。還有，路線草案雖然和現在看到的一樣……但是之後的變更與增減，全部交由戈隆商會負責。不過，條件是要以夏沙多大屋頂的南邊為基點。」

換句話說，我們可以自由規劃路線？可以掌握地價的漲跌與人潮的流動？這樣戈隆商會不就等於得到一筆莫大的財產嗎？

雖然我們已經是足以代表這個城鎮的勢力，但是這麼一來，大概連違逆我們的勢力也能抹消吧。好可怕。而且好厲害。

誰？這種方法是誰想出來的？這不會是馬龍少爺的主意。多半也不是會長。

實行這個方案的雖然是戈隆商會，但是夏沙多大屋頂沒有任何損失。不，反而還會吸引到更多人潮和錢。

國內流通管理負責人提問……應該說確認吧。

「這案子是那位村長想的嗎？我聽說他只來過這邊幾天……真是不簡單。簡直就是生意之神啊。」

的確。改天去教會捐獻一下吧。

不，直接交給「大樹村」的村長是不是比較好啊？

「按照這個計畫進行下去，目前光靠夏沙多大屋頂南邊已經確保的土地可能會不夠，希望能再多確保一些。」

「車伕、馬和車體也得趕緊確保才行。」

「沿線土地最好也能搶下來。」

「別慌。要是做得太露骨，會招來反感喔。」

「還會讓人發現。」

「聯絡過代官了嗎？」

「雖然沒有詳細說明，不過已經得到認可了。只是，畢竟是那位代官，有可能被發現了。」

「那麼，也得分代官一點好處才行啊。」

「嗯。可是，他不喜歡太露骨的做法。有點麻煩呢。」

「今後要支付的土地稅不就夠了嗎？」

「土地稅啊？感覺金額會變得很驚人耶。」

「小意思，賺到的會更多。至於代官的禮物，就送他從西國買來的美術品如何？」

已經明白「車站」多麼有用的參加者，紛紛發表意見。

如果交給馬龍少爺處理，應該能順利實現吧。

重點在這之後。

這個「車站」是一套系統。

透過廣告收入營運馬車，藉此掌握住客源和地價。一旦「車站」在這個夏沙多市鎮證明可行，其他地方多半也會效法吧。

但是，目前還只有我們知道。可以自由下手。

換句話說所謂的主題，就是我們戈隆商會要把手伸多遠。

「如果與貴族為敵，會被直接搶走。在這個城鎮還有村長護著我們商會，要是在其他地方……情況恐怕會很嚴苛吧？」

「這麼一來就得選已經和貴族建立友好關係的城鎮……」

「嗯。不過，畢竟沒辦法全部都弄，以比較大的城鎮為優先吧。」

「至於別的城鎮，就教他們怎麼做，藉此賣個人情。」

「也不需要特地去教人家吧？等對方主動低頭再教不就好了嗎？」

「我也這麼想。」

「嗯。」

「啊，然後最重要的地點……」

「王都該怎麼辦？」

「會長和下任會長認識魔王大人對吧……」

會長和馬龍少爺搖搖頭，表示「算了吧」。

同步得真漂亮。果然是父子。

之後大家又談了各種重要的話題，並做出決定。

會議結束了。

餐會的菜色還是很棒。

這也與村長有關。

身為總店店長，有很多機會能和會長一起用餐，但是完全吃不膩。

不，感覺味道愈來愈好了。

按照村長的說法，他希望這些東西也能讓一般人吃到……真是遠大啊。

不過，倘若是他或許就做得到。雖然我還只見過他一次。

「賽德羅店長，有空嗎？」

會長找我了。

「有什麼事嗎？」

「以前店長提過有關繁殖與飼養小型飛龍的事，小型飛龍的主人同意了。」

哦哦！拜託很久的案子通過了嗎？這麼一來就更方便疼愛……不對。

如果和各地的聯絡更密切，應該能為商會營運帶來很大的貢獻吧。

「下次熟悉如何飼養的人會來這裡，可以交給你接待嗎？」

「是！包在我身上。有什麼東西要準備嗎？」

「總之，目前的小屋似乎就行了。呃，那個，那位熟悉飼養方法的人地位算得上相當尊貴，千萬別怠慢了。」

「我明白了。」

聽完我的回答之後，會長散發出來的氣息變了。

「岳父大人，真的沒問題嗎？」

戈隆商會的會長麥可．戈隆是我女兒的丈夫。

「你在擔心什麼呀。雖然我現在只是個微不足道的老頭子，我以前可是個就算和王族談生意也不會退縮的男子漢喔。」

「不愧是岳父大人。所以說，那個啊……我不希望你之後生我的氣，所以先告訴你。那位熟悉飼養方法的人，其實是『守門龍』。」

「……咦？」

「他好像對咖哩店『馬菈』很感興趣，所以要去那邊視察，順便來這裡教我們繁殖和飼養的方法。啊，他很怕生，注意儘量不要帶他去人多的地方。還有，我想古吉大人應該也會同行，碰上麻煩的時候就請他幫忙。」

「慢、慢著，女婿啊！」

「放心，是人類形態！和普通的王族一樣！」

「不一樣！完全不一樣！還有，普通的王族是怎樣！王族已經夠特別了吧！」

「那就拜託你了！第一天我會陪在旁邊的！」

「喂，你這傢伙！」

戈隆商會今天也很忙碌。

1 夏天也在努力的村長與高等精靈

慶典結束，夏天正式造訪。

村民們紛紛到泳池玩水。

「弄得真乾淨耶。」

由於蜥蜴人一年到頭都要用，所以泳池就交給他們管理了，結果乾淨得令人驚訝。

「因為每個月都會把水放掉清洗一次。」

「佩服佩服……但是要適可而止喔。」

不可以太勉強自己。

我雖然也想趕快去泳池，但是非處理不可的事很多。

像是回應各村的要求，增加溫泉地的設備等。

對了，還得和麥可先生商量有關夏沙多店鋪的事才行。

因為要透過小型飛龍送信，所以是頗花時間的筆談。雖然有雅趣，但是不留下內容一樣的文章，就會忘記自己寫了什麼。

到頭來，必須大費周章地寫兩封信。

要想成正好可以練習寫字或者覺得麻煩，就因人而異了。

我覺得很麻煩。好想要影印機。

文官少女組大概已經習以為常所以不覺得苦，理所當然地寫了兩封。雖然也有部分人偷懶，只留了底稿……

「底稿可是有寫到正式稿的水準喔。」

真羨慕。

我和高等精靈們一起移動，回應各村的要求。

一號村是蘑菇田。

嗯，我知道。黑松露對吧。

我原本還以為黑松露非得長在樹旁邊不可，但是普通的田地也沒關係。不愧是「萬能農具」。

所以，我把這一帶種得滿滿的……

這麼說來，除了黑松露以外，還有白松露。白松露在這邊也會受到好評嗎？

由於我邊做邊想些多餘的事，或許最後會黑白松露夾雜。

算了，反正都是松露。

蘑菇類已經採收過一次的地方還能再次收穫，希望大家努力採收。

另外，有點不好意思的是，我基於個人喜好，擺了木材栽培松茸。

照料蘑菇類作物……最不能疏忽的部分，就是對付昆蟲和野獸等外敵。待在一號村的座布團孩子們比出「包在我們身上」的動作，所以就麻煩牠們了。

二號村則是提供更多農具。

鋤頭、斧頭、鐮刀，還有用來集中與搬運草料的乾草叉。

二號村半人牛們用的農具都是大尺寸的。

但是，乾草叉直接放大會派不上用場。畢竟農作物都是一般尺寸嘛，全都會從尖齒的空隙掉出來。

哈哈哈。

反省。重做新的。

這回改為增加尖齒的數量。

啊，製作農具都是加特在費心，與其對我道謝不如對加特說。

至於失敗的乾草叉……想拿去當擺飾？這是無妨，但是有點不好意思。

三號村有圍住新住家與村子外緣的跑道。

新的住家由我和高等精靈們合作數天就宣告完工；至於圍住村子的跑道，則靠我用「萬能農具」努力完成。

和建立村子時相比，開闢道路的速度也變快了。

跑道硬度這樣行嗎？我覺得軟了點耶……會把它踩實所以沒關係？了解。

半人馬族立刻就在完工的跑道上奔馳。

如果能讓他們展現速度，戰鬥力會相當不錯。

把三號村的守備問題考慮進去，這麼做或許是正確的。

然後呢，呃……一場壯烈的賽跑開始了耶，那是什麼？啊，類似求婚儀式的賽跑？之前都在等跑道完工是吧。

抱歉拖太久了。祝你們幸福。

至於太陽城，也就是四號村……

我讓他們種植調味料相關作物。

這邊沒什麼特別的要求……我就下廚款待大家吧。

要吃什麼？火鍋？啊～嗯，畢竟這裡不用在意季節嘛。那就火鍋。

糧食不足就用熱氣球運上來。

熱氣球的數量雖然增加了，一趟能載運的量還是不多。儘管想做些改善，但是現在抽不出空，需要再研究。

做完菜之後，則是參觀太陽城的罐頭工廠。

這裡似乎不是正規工廠，而是保存土產的設備。

不過性能非常優異，只要送入罐頭的原料，就能做出罐頭。

罐壁非常薄，而且有做防鏽處理。和我所知的罐頭差異不大。

遺憾的是，看起來只能做罐頭。

雖然裝罐作業也是自動的，但是內容物必須由我們自己準備好。

我第一次試做的罐頭裡，裝了沒剝皮的橘子。

而且沒有泡糖水，一旦搖晃，罐頭裡的橘子就會撞壞。

相當尷尬的罐頭。

要做水果罐頭時，好像要先把水果切好並泡進糖水，才能放進裝置裡。

唉，畢竟每日的產量不多，應該很難拿來做生意。

按照貝爾的說法，如果熟悉這個裝置的人醒來，似乎就有辦法解決。

要是能用罐頭保存調味料之類的東西就好了。

希望有一天能做到。

我前往溫泉地，打算增加一些設施。

不過在這之前要先泡溫泉。就算是夏天，泡溫泉依舊很舒服。

問題應該在於泡完之後吧。好熱。

獅子用魔法幫忙製造冰塊。謝謝。還有，原來你會用魔法啊？真厲害耶。

好啦，既然來了就好好工作吧。

首先要加強始祖大人用的設施。說是這麼說，但也只是整修小屋罷了……損傷比想像中來得少耶。

原本以為既然是溫泉地，損傷應該相當嚴重。是因為木材夠堅固嗎？

無論如何，這麼一來就不需要重建了。所以，我決定蓋一棟新的小屋。

不過，我的工作是準備木材，建設就交給高等精靈她們。

閒下來的我，詢問獅子有什麼要求。

獅子希望有個能避雨的地方。

雖然能避雨的地方有好幾處，不過每一處都太窄，牠希望有個寬敞一點的。像這種季節還能用來遮陽。原來如此。

所以，我找了一塊距離溫泉地適當的岩壁挖洞，確保能躲雨遮陽的地方。只要讓地面像小丘般隆起，就算下雨也不至於弄溼身子吧。

雖然看起來就像動物園的一角……

這樣獅子們能接受嗎？

先問獅爸爸。再問獅媽媽，接著是小獅子們。

看樣子沒問題。

嗯？喔，這邊還有點硬？我知道了，幫你們弄軟一點吧。

溫泉地多了兩棟供人過夜的小屋，一棟給死靈騎士(Death Knight)們。

再來，我從附近的河川拉了一條新水道。

還有，替獅子們弄了一塊只有大屋頂和地板的地方。

畢竟獅子們總是會待在死靈騎士身邊嘛。

獅子們的食物靠死靈騎士們收拾掉的魔物與魔獸就綽綽有餘。

準備個地方讓他們扔已經腐爛的東西吧。考慮到氣味問題，離溫泉地稍微遠一點應該比較好。

雖然直接埋掉也行，不過應該等我來再處理就好。

大概就是這樣吧。

死靈騎士，你們不需要跳感謝之舞……是新版本耶。你們練習過啦？小獅子們也要參加……？看來只能奉陪了。

回到「大樹村」時，收成已近。

得努力才行。

不過現在……就再玩一下吧。

我手裡有從太陽城拿來的空罐頭。

「來玩踢罐子吧！」

我召集孩子們，開始踢罐子。

…………

我太小看孩子們的體力了。真厲害。

而且，這樣下去我會一直當鬼。

才抓了幾個人，罐子就被踢到，打擊實在太大。

沒辦法了。

增加鬼的數量吧。畢竟還有人想參加嘛。

規則要明確。禁止暴力與魔法，也不能跑出村子喔～

樹精靈，麻煩不要變成樹。

哈克蓮，拜託不要用全力去踢。記得手下……不，腳下留情啊～

我們一直玩到太陽下山。

閒話 員工

夏沙多大屋頂。

我在這裡工作。這家店比貴族的宅邸還要大。

店裡的員工多達四百人以上。

一開始好像只有十個左右，之後不斷增加到兩百人。這批是一期組。

我是之後才加入的二期組。

儘管一期組和二期組原本都在街頭生活，卻不會因為這樣就讓大家感情變好。因為睡覺的地方、擅長與不擅長的事而爭吵對立，算是家常便飯。

聽到能在夏沙多大屋頂工作時雖然很開心，但是有一期組在那裡，讓人覺得很不安。

因為一期組之前都是由戈爾迪先生關照的人，關照二期組的則是別人；只是他們回應了戈爾迪先生的提議。派閥不一樣。

而且一期組比我們先工作了兩個月以上，大概會看不起沒辦法把工作做好的我們吧。

不過實際上沒這回事。

一期組親切得令人驚訝。

這個嘛，失敗或者做蠢事的時候，還是會捱罵；但是沒有被看不起。

懷著「為什麼會這樣？」的疑惑實際工作之後，自然而然就明白了。

不會想為了些無聊的小事惹麻煩。

雖然部分理由在於不想丟掉這個工作，但最主要的還是因為不想替僱用我們的店長、代理店長馬可仕先生和馬可仕先生的太太寶菈小姐添麻煩。

因為感受到他們的恩情，所以與其瞧不起後到的人，還不如把這些人鍛鍊到能夠派得上用場。

我覺得會這樣也是難免。

因為這裡讓我們有了正常的生活……不，非常棒的生活。

我們睡覺的地方，是替員工蓋的專用住家，叫做宿舍。

在夏沙多大屋頂做事的員工，都會住進宿舍。

宿舍分成三棟。

男生宿舍、女生宿舍，以及小孩宿舍。

男生宿舍和女生宿舍就如同名字一樣，分別只有男生和女生能住進去。

小孩宿舍則是由難以單獨生活的小孩子為主。小孩們的哥哥姊姊有不少人會一起住進去，負責照料這些小孩。

每棟宿舍都是四人一個房間。

即使四個人共用一間房也十分寬敞。不，是像夢一樣寬廣。

除此之外，每個人都會分配到床、桌子、裝衣服的櫃子和附鎖頭的櫃子。

床雖然是上下鋪，但是沒有人會抱怨這點。

畢竟大家以前連找個地方睡覺都很辛苦。

如果這樣就抱怨，可能會被周圍的人修理。

順帶一提，床單每天都會換上乾淨的。

一開始還怕弄髒乾淨的床單而睡在地板上，現在都成了美好的回憶呢。

宿舍裡有澡堂。很大的澡堂。不知道澡堂是什麼？

呃~就是能用很多熱水的地方喔。

澡堂使用時段是看自己屬於哪一班，所以要在那個時段去才行。

規定是每天都要洗澡。不可以翹掉。只有生病時例外。

吃飯是一天三餐。

住進宿舍之前，一天能吃到一個麵包就已經很奢侈了，所以讓我很驚訝。

而且還都是很像樣的餐點。

好比說早餐。

麵包不是烤好之後不知道放了多少天的硬麵包，而是當天才出爐的。

湯不是用雜草煮的，而是用蔬菜好好燉煮的。

另外還有一道每天會更換的菜，像是水煮蛋或烤魚之類的。

啊，湯可以自由續碗。

第一次吃到這些早餐時，我一盛再盛。

這也是一段美好的回憶呢。

現在我已經學會節制，要考慮到別人，所以只會續一次。

午餐和晚餐比早餐還要豪華。

雖然出於要研究新菜之類的理由，偶爾會端出奇怪的菜色，然而就算這樣依舊很好吃。

至少，沒有一個員工會抱怨餐點。

不過，有好好對味道打分數比較能讓他們開心。

受到夏沙多大屋頂僱用之後，會發一些東西下來。

那就是衣服。

三套工作時穿的衣服、兩套工作外穿的衣服，以及兩套睡覺時穿的衣服。

還有內衣。

老實說，拿到這麼多衣服讓人有點困擾，不知道該怎麼辦才好。

收進自己房間裡的衣櫃時，還有一點興奮。

也有人教我們怎麼清洗。

依照規矩，衣服要自己洗，不可以丟給別人。

我原本以為是因為會被偷，要自己好好管理的意思，其實並非如此。

這是員工們自己訂的規矩。

因為把衣服丟給其他人洗，自己拿空出來的時間工作，這樣太奸詐了。畢竟大家都想好好工作嘛。

也有發鞋子。有兩雙喔。

如果變得不合腳或是穿壞了，就會發新鞋，所以不可以忍著不說喔。

畢竟店長曾強調，鞋子很重要。

啊，不可以因為不想弄髒鞋就光腳進店裡喔。會惹人生氣。嗯，美好的回憶。

好啦，該談談正題，或者說最重要的部分了。

那就是工作。

人家讓我們過這麼好的生活，當然得付出相應的勞力。

首先，員工分成有專屬工作的人以及其他工作的人。

所謂的專屬工作，包括製作料理和畫招牌等，非那個人不可的工作。

以前站櫃檯接受點餐好像是輪流，不過現在也變成專屬工作了。

擁有專屬工作的人，會受到其他員工們尊敬。

我也是……雖然想這麼說，不過很遺憾，我沒有專屬的工作。但是，總有一天一定會輪到我。

擁有專屬工作的人負責該項工作。

沒有的人則是按照班表行動。

像是協助料理、整理顧客隊列、清理桌面和分送飲水等。

另外還包括在遊戲區打點保齡球、套圈圈、射靶，還有在舞臺上有節目時幫忙等工作。

每一項工作都很受歡迎，而我今天是到保齡球這邊幫忙。

要做的事雖然很簡單，卻相當繁重。一條球道會由三至四人負責。

首先是大家一起清理球道。

之後則是列隊向光顧的客人打招呼。這時要露出笑容。

這邊留下一人，其他人則往球道後面，也就是球瓶的另一邊移動。

留下的那一人，要一邊擦球，一邊調整投球的時機。

畢竟每位客人擲球的時機都不太一樣嘛。

另外，還要負責教擲不好的人該怎麼擲球。

移動到球道後面的人，要回收客人們以滾球擊倒的球瓶，然後重新排好。這部分如果不好好分工會花很多時間，必須把自己要做的事記好。

要特別注意的事情，就是在客人擲出的滾球碰到底端之前不可以碰觸。在倒下的球瓶滾動時，也不能急著去碰。因為有時倒下的球瓶會碰倒其他球瓶。

滾過來的球要放到旁邊歸還用的球道上，然後敲響告知擊倒球瓶數的鐘。

在舞臺上有節目時就不是敲鐘而是舉旗。因為聽不到。

也有些客人覺得舉旗比較好，所以接到要求的話要記得照做喔。

啊，有其他人排隊時，即使客人要求繼續，也必須照規矩換人。因為要讓大家都能玩到才行嘛。

有了和客人接觸的機會，就能拿到小費。

比較豪爽的人，可能會給大銅幣。

規矩是小費歸拿到的員工所有。

這點一開始似乎引發了爭執——員工們表示領到的小費該上繳店裡。

一般來說會相反對吧。

我聽過店家收走員工領到的小費，卻沒想過員工會主動上繳。

可是代理店長馬可仕先生和寶菈小姐說那是員工的，不肯收下。

還說要考慮到店可能會有個萬一，要大家存錢。

所以小費屬於拿到的員工。

嗯，雖然這才叫正常，但是我們也不會亂花，會好好存起來。

順帶一提，大家已經計畫好，改天員工們要合送代理店長馬可仕先生和寶菈小姐禮物。呵呵。

做了許多努力的我，有三個當成目標，或者說競爭對手的人。

一個是一期組的波緹。

有批人專門在櫃檯接受點餐，波緹就是他們的代表。

她會穿上專用的女侍服，真令人羨慕。我只有表明是員工的圍裙而已。

另外一人，則是畫招牌的拉賽克。

以前他總是在地上畫畫，相當有名。

當時大家覺得畫畫根本賺不到錢，現在他卻有了畫招牌這份工作而大大活躍。

而且，這份工作好像是店長直接任命的。真令人羨慕。

雖然還有些人會幫忙拉賽克，但這些人全都很會畫畫。

至於我……以前畫過戈爾迪先生的看門狗，但是沒人認得出來。嗯，至少回答是生物嘛。說是桌子也太過分了吧？

最後一人，則是阿夏先生。

他本來是個一談到料理就會變得很熱心的客人，不知不覺就開始工作了。

現在他都待在馬可仕先生身邊幫忙做菜。

缺點是偶爾試吃完畢後會興奮地高談闊論，但他會教我們認字和計算。

他教得非常仔細且好懂。不過，會被他當成小孩子看待。

這個嘛，以年紀來說或許沒錯，但我還是想早點學會認字和計算，不要再被他當成小孩子。可是，計算好難。

呃～如果要問我想說什麼，就是與其效法我，不如效法他們三個。

我在以三期組身分加入的兩百人面前，向他們這麼說明。

啊～為什麼我要說明這種事呢？

夏沙多大屋頂。

員工順利增加中。

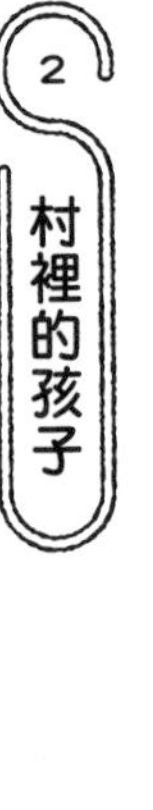

2 村裡的孩子

獸人族男孩們看起來像在到處玩，實際上相當忙。

來到村裡時就開始做的工作有搾油、搾糖和製鹽。另外還有幫忙撿雞蛋、擠牛奶和山羊奶等瑣碎的工作。

加特的女兒娜特同樣從來到村裡就開始幫忙這些事。烏爾莎和古拉兒是住進來不久後開始的。

然後呢，工作之餘要上課。

課程以讀寫與計算為主，再加上禮儀。教師是哈克蓮。

她在懷火一郎到剛生產完那段時間休息了一陣子，目前則是精力充沛地教導孩子們。

我曾經觀摩過，她的教法比想像中來得細膩。

其他時間雖然是自由運用，不過他們會主動練習揮劍使槍。

高等精靈和蜥蜴人們負責指導。

我原本以為和他們待在一起的格魯夫也是教人的那一邊，沒想到是被人家教的那一邊。唔。

新加入這個團體的成員，就是我兒子阿爾弗雷德。

會不會太早啊？

雖然我提出這樣的意見，但好像已經有很多事非得讓他學習不可。

是這樣嗎？我接受了。

不過，雖說是新加入團體，但是彼此都已經認識，烏爾莎和古拉兒甚至住在同一間屋子裡。

我相信他們應該不會亂來，於是在遠處守望。

「那個，村長。請問你在做什麼？」

路過的文官少女組之一詢問。看不出來嗎？

「從遠處守望。」

「在不知情的人看來，會覺得你是可疑人士喔。」

「…………」

呃，可是啊。

「放心。小孩子會自己長大。更何況，還有拉姆莉亞斯看著對吧？」

「話、話是這麼說沒錯……」

拉姆莉亞斯是鬼人族女僕之一。

從獸人族男孩們年紀還小的時候，她就已經負責照顧獸人族。

現在也待在獸人族男孩們的身旁。

「但是，拉姆莉亞斯照顧的是全體獸人族喔。她有辦法顧好每一個孩子嗎？」

可能是聽到了吧，拉姆莉亞斯看向我這邊。然後，她微微一笑。

…………非常抱歉，我相信妳。

「既然能夠明白，就麻煩去工作吧。魔王大人和麥可先生寫信來嘍。」

文官少女組之一拉著我的手，把我拖去工作。

當天晚上。

阿爾弗雷德向我報告今天的事。

這樣啊，你很努力呢。

蒂潔爾和特萊因覺得羨慕，不過你們還太早喔。

乖乖乖。

雖然希望孩子們在懷裡留久一點，但是他們的成長好快啊。

當天深夜。

我讓貓坐在腿上，自己喝著酒。

…………

酒史萊姆。

我會分你，拜託別破壞氣氛。

就在夏日暑氣趨緩，變得比較舒服的時候。

烏爾莎拿著長槍騎在小黑背上。

然後就這麼往森林……

喂——！慢著慢著慢著。

「什麼事？」

「不是『什麼事』。妳要去哪裡？」

「森林。」

「啊…………不是啦，妳要去森林做什麼？」

「打獵。」

「……」

雖然烏爾莎應該沒問題，但是放小孩子去森林打獵好嗎？

有小黑和她在一起，還有其他同伴……稍遠處，有好幾隻小黑的子孫。

嗯，小黑三和烏諾也在呢。小黑一家打算好好保護她。

樹上還看得到莉亞等人的身影。

…………

該答應嗎？

不需要多想。

以前如何我不知道，但是現在的烏爾莎怎麼看都是個孩子。

不行吧。

但是，在這時候說不行，她聽得進去嗎？

她或許會立刻回頭。

不過，晚一點還是會偷偷溜出來吧？

高等精靈們之所以沒制止烏爾莎而選擇守望，大概就是因為這樣。

…………

「為什麼想去打獵？」

「因為阿爾弗雷德說他想要肉。」

「……阿爾弗雷德？」

我看向小黑。小黑點點頭表示「她沒騙人喔」。

原來如此。原來如此、原來如此。

像這種時候，不是該輪到父親表現一下嗎？

烏爾莎小姐，願不願意把這個任務讓給我呀？不行嗎？這樣啊。沒辦法了。

那就一起去吧。如果不行就禁止妳去森林。哈哈哈，大人可是很骯髒的喔。

好啦，說到阿爾弗雷德想要的……是長了獠牙的兔子吧。

不過，如果是想吃肉，只要對露或安說一聲就吃得到了吧？

為什麼要告訴烏爾莎呢？

烏爾莎相當於孩子們的首領。對烏爾莎說這種事，她會為了肉去打獵是很自然的發展。

不過，沒讓獸人族男孩、娜特和古拉兒同行是正確的判斷。如果他們一起去，阿爾弗雷德大概也會想同行吧。

唉呀，是兔子。

在我拿起「萬能農具」之前，烏諾一擊收拾掉了獵物。

…………

聽到烏爾莎發出「啊」的一聲，烏諾露出「糟糕」的表情。不小心就和往常一樣下手了吧。

姑且確認一下。

「烏爾莎，那些肉行嗎？」

「不行，要我獵的才可以。」

我想也是。

如果誰獵的都可以，烏爾莎就不會進森林，而會去糧倉了吧。

換句話說，不是烏爾莎獵的不行。

沒辦法，我就專心支援吧。

總而言之，兔子就先放血再……搬起來有點重。

雖然不好意思，但是就請同行擔任護衛的小黑家族之一把牠帶回村裡吧。

好啦，下一隻獵物在哪裡呢……

其中一名待在樹上的高等精靈給了個暗號。

前方？

我往前一看……好大的野豬！

嗯…………是不是比平常的野豬還大啊？烏爾莎要應付牠還是有點難吧。

正當我這麼想時，載著烏爾莎的小黑已經猛然衝向野豬。

小黑幹勁十足。

而且烏爾莎也握緊了長槍。

喂喂喂，沒問題嗎？

我連忙讓「萬能農具」化成長槍，擺出隨時都能投擲的架勢。

白擔心了。

烏爾莎那柄帶有小黑速度的長槍，擊中巨大野豬的側腹。

由於小黑與野豬擦身而過，長槍脫離烏爾莎的手，然而這應該是個不錯的判斷。

如果就那樣握著不放，人會連同刺在野豬身上的長槍被甩來甩去。

但是，沒了長槍，烏爾莎就失去了攻擊手段。

野豬雖然側腹中槍，但是大概還能活動。

那麼，輪到我出場了。

正當我這麼想的時候，烏諾已經咬住刺進野豬體內的長槍將它拔出來，送回烏爾莎手裡。

然後小黑和烏爾莎再度發動攻擊。

呃，烏諾。

剛剛那個場面，不能直接把長槍壓進去嗎？你很介意兔子那次的失敗？

確實，剛剛大家露出責備的眼神，但是你不需要太在意喔。

小黑和烏爾莎的攻擊，加上烏諾的挺身相助，收拾掉了巨大野豬。

就讓我們好好享用吧。

小黑和烏爾莎待在收拾掉的野豬旁邊一臉得意，但是他們有注意到嗎？

這頭豬該怎麼帶回去呀？

……啊，注意到了。

有點慌。

平常打到比較大的獵物時，會先切割再搬運。

但是小黑牠們沒辦法切割，所以要找我或高等精靈。

待在樹上的高等精靈們比了個「要我們露臉嗎？」的手勢，不過我回了個「慢著」的手勢。

這時候該由我表現了吧。

正當我這麼想的時候，座布團的孩子枕頭現身。

妳也在啊？會不會保護過度啦？

呃，我不是因為表現機會被搶走才這麼想喔。

枕頭用絲捆住大野豬，就這麼拖著走。

相當有力氣。

但是這麼一來我等於只是在旁邊看，所以我把「萬能農具」變成類似鉤子的東西刺在大野豬身上。

這麼一來，大野豬就變輕了。枕頭的動作一口氣加快。

好，那就回去吧。

不過枕頭同學，我知道妳很有幹勁，但這種速度我會跟不上。「萬能農具」必須由我拿著才行喔。

抵達村子。

平常都會迅速放血並解體，不過這次只有放血，留下了獵物的原貌。

還騎在小黑背上的烏爾莎，直接去找阿爾弗雷德。

阿爾弗雷德對烏爾莎讚不絕口。

烏爾莎看起來也很得意。

但是，就立場上我必須警告烏爾莎。

這回雖然有我同行，但她還是不能擅自闖進森林。

至於在旁邊守望的高等精靈們、小黑、小黑三、烏諾和枕頭，我也拜託他們不要只是守望，而是要出面阻止。

烏爾莎或許沒問題，但是其他孩子會模仿。

嗯？格蘭瑪莉亞，妳也在嗎？啊，是擔任我的護衛啊。

「要去森林的話，希望村長你可以先說一聲。」

也對。抱歉讓妳擔心了。

所以，阿爾弗雷德為什麼想要肉？

因為露想要？原來如此。

要拿來實驗嗎？如果是這樣，和我說一聲就好啦……

還有阿爾弗雷德啊。

如果是要送給母親的禮物，不靠自己的力量去獵可不行喔。

確實，我平常總是交代你們不可以進森林……

但是你的輕率發言，讓烏爾莎費了不少力氣。

雖然烏爾莎應該沒問題，考慮到萬一，今後還是要多加注意。

不過，這回看在烏爾莎努力的分上，全都不追究。

這隻巨大野豬就是今天的晚餐。

至於露要的肉，我會從糧倉拿給她。

去召集人手，開始準備吧。

有什麼要求嗎？在外面烤肉？喔，ＢＢＱ啊。

天氣變涼快了，這樣或許也不錯呢。

如此這般，當天晚餐成了熱鬧的宴會。

晚上，我在自己的房間裡問露。

「露，聽說妳想要肉？」

「咦？」

「阿爾弗雷德告訴我，妳之前這麼說過。」

「……啊！」

她似乎想到是怎麼一回事了。

「哈哈哈。前陣子很熱對吧？那時我有點提不起勁，不知該怎麼辦才好，於是找安商量。」

「所以才想要肉嗎？」

「嗯。今天的烤肉已經把問題解決了。」

「我想也是。不過，妳之前提不起勁啊？抱歉，我沒注意到。」

「哈哈哈，不影響平常的生活啦。」

「嗯？」

「提不起勁是指，那個……晚上的事。」

呃、呃……

「我在想，差不多……再生一個怎麼樣？」

怪了？我剛剛是不是聽到房門上鎖的聲音？

為什麼……我懂了。

因為今年還沒有人懷孕嘛。

雖然應該不急，但是有人會介意。

我回想今天哪些人吃了烤肉。

嗯，我會加油的。

可以的話，能不能從明天開始？

因為我現在還是父親模式，不是男人模式嘛。

如果不行，就考慮一下限制人數。

阿爾弗雷德啊。

人生在世，難免得做出一些無謂的抵抗。

但是，絕對不可以因為是無謂的抵抗就放棄喔。有時能博得人家的體恤。千萬要記住。

這是爸爸給你的教誨。

閒話　麵包店的菲亞莉娜

麵包店。

每個人都知道，就是指烤麵包來賣的店。

我家就是這種麵包店。我則是在店裡當店員。

啊，我叫菲亞莉娜。比較親近的人會叫我菲娜。

直到不久之前，我還有兩個煩惱。

一個是店的將來。

麵包原料小麥漲價，加上麵包烤窯要用的燃料——柴薪漲價，讓店裡的積蓄愈來愈少。不管是誰都會擔心對吧？

雖然某些國家會用證照制度管理麵包店，但是在魔王國誰都可以開，所以競爭對手很多。會來買的人，幾乎只剩下固定的熟客。

所以啦，收入不會突然增加啊～

雖然爸爸和媽媽都很努力，但不管怎麼想，未來都是一片黯淡。

咦？怎樣的熟客？呃……像是附近的太太，或是有供餐的旅店等。

另外，儘管不是天天上門，但是大約每三天那群身心俱疲的……工匠對吧？早上會來光顧。

再來就是……自警團值勤處吧。他們不是只來我們家的店，而是照順序輪流到鄰近的麵包店採購。

雖然大概每十天才一次，營業額卻不能小看。

另一個煩惱，則和戀愛有關。

不是我在炫耀，其實有男性追求我。雖然我平常對戀愛沒什麼興趣，被追求的感覺倒是不壞。

只不過追求我的人，是那個因為長得不錯卻有點恐怖而聞名的基爾史派克。

他沒有什麼粗魯的舉止，卻總是顯得焦躁不安。雖然在我面前的時候看不出來就是了。

然而，我在煩惱一陣子之後回絕了他。儘管有點可惜，但我當時還沒辦法考慮什麼結婚的事。

那時的我還很孩子氣。

在我看來，我應該已經拒絕得很乾脆了；但是基爾史派克沒有放棄，經常到店裡拜訪。

雖然沒買麵包。

根據他的說法，似乎是因為目的在於我，不在於麵包。

真是個傻瓜。不過嘛，這也讓我不用特別感到愧疚，所以就算了。

前面說了是不久前的煩惱，因此各位或許已經明白，這兩個煩惱已經解決了。

店的部分是因為附近開了一間大得誇張、名字叫做「夏沙多大屋頂」的店。我們家的麵包可以批發到那裡。

雖然批發麵包的不止我們家，不過每天的營業額還是翻倍成長。不，應該更多。真是感激不盡。

夏沙多大屋頂落成時，我還覺得「開了間大而無當的店真礙事」，請原諒我。

咖哩超好吃。

再來是另一個煩惱。

關於戀愛的嘛，那個，該怎麼說呢。

別說我招架不住或好騙。

唉呀，畢竟基爾史派克不是壞人，而且他說了不會去看我以外的人……咳咳。

雖然結婚還早，不過算是順利……吧。

好啦，言歸正傳。

現在我有三個煩惱。

第一。

撐起店裡大筆營業額的夏沙多大屋頂自己會烤麵包。

不過他們烤麵包不是拿來賣的，而是供應給員工。

之所以沒有烤來賣，我想是因為顧慮到周邊店家。就連那邊員工的衣服，也不是只從一家店買，而是向很多家不同的店買呢。

這種不獨占好處而嘗試與周圍店家合作的態度，既令人佩服也令人感激。謝謝你們。

問題在這之後。

雖然是為員工烤的麵包，卻比我家賣的壓倒性得好吃。我偶然有機會嘗到……啊～我老實說吧。

基爾史派克吃了那邊的員工麵包，跑來向我炫耀。我家可是開麵包店的耶。

明明曉得這件事，卻還讚賞其他地方的麵包是怎樣？

我忍不住給了基爾史派克的下頷一拳。

不僅如此，我還順勢跑去夏沙多大屋頂，蠻不講理地要他們讓我吃吃看員工麵包。雖然不甘心，但是好好吃。

沒得比。根本不一樣。就是這種感覺。

基爾史派克向我道歉，並且告訴我那是近來在貴族之間流行的麵包。

這種麵包居然是給員工吃的。

雖然可以提供給顧客，不過考慮到周邊店家之後，他們沒有拿出來。

儘管夏沙多大屋頂的員工告訴我，要烤賣給客人的份會很麻煩，而且價格會比較貴……真是屈辱。

感覺理智快斷線了。

正確說來是已經斷了。不過基爾史派克抱起我就跑，所以和沒斷是一樣的。

真想把以前批給他們的麵包都收回來，再把錢砸到人家臉上。

可是這家店是爸爸的店。我只是他的女兒，不能自作主張。

更何況，就算收回我們家的麵包，也只是找其他店買而已，不會有什麼改變。

光靠自尊心沒辦法過活。那麼，解決辦法只有一個。

讓自家麵包好吃到不會輸給他們。

…………

目前正在研究當中。

我認為這不單純是我們家的問題，所以也找了其他麵包店一起商量研究。

進展……這個嘛，就算講得好聽一點也說不上順利。呃，雖然做出了比以前好吃很多的麵包……

但還是比不上夏沙多大屋頂的員工麵包。

我深切感受到自己能力不足。這是第一個煩惱。

剩下兩個煩惱，其中之一在於發現基爾史派克是代官大人的兒子。

我痛扁了隱瞞這件事的基爾史派克。真是的，這傢伙想拿身分差距怎麼辦啊？

夏沙多的代官大人是貴族，我是平民。現實又不是故事，沒辦法那麼簡單就結婚吧？

雖然甚至談到要分手，但是基爾史派克哭著抗拒，所以我也有了心理準備。

既然基爾史派克說「貴族和平民結婚的方法很多所以沒問題」，那我就相信他。

目前我們兩個還在評估什麼時候要向基爾史派克的雙親打招呼。

至於我的雙親……似乎決定在旁守候。

另一個呢，則是基爾史派克的朋友在夏沙多大屋頂做了壞事，交由教會看管。

不是什麼監禁，而是很普通地當義工。

基爾史派克也陪著那位朋友當義工。

他好像是認為，朋友會做壞事的原因在於不久前兩人吵了一架。

嗯，到這裡為止還不是什麼煩惱。

我的煩惱是，這位朋友和基爾史派克去當義工的地方，也包括夏沙多大屋頂。

他們在當義工時吃到的麵包，就成了我的第一個煩惱……而且他們目前還在繼續當義工。

換句話說，基爾史派克可以看見員工麵包是怎麼烤的。

該叫心愛的人幫忙調查嗎？

原本是為了讓基爾史派克的朋友反省，他才去幫忙。

總不能在當義工時偷學人家的味道……正當我煩惱時，基爾史派克開口了。

「代理店長馬可仕先生說可以教我們麵包的烤法……記得嗎，就是那個員工餐裡超好吃的麵包。他說可以教我們怎麼烤那種麵包。要怎麼辦？」

…………好掙扎。這就是我煩惱的地方。

自尊心……不，那種東西就該丟到水溝裡吧。

為了烤出美味的麵包，這種時候該老實地……嗚嗚。

日後。

我見到夏沙多大屋頂的店長了。

明明是店長，別人卻叫他村長，有些奇怪的人。

平常他不在店裡，這次似乎是為了採購海產而來。

長相……基爾史派克比較好看。呵呵。

不過，做生意的才能是店長比較厲害。

和店長稍微聊過之後，他讓我注意到一件事。

烤出美味的麵包是理所當然。重點在於，烤出夏沙多大屋頂想要的麵包。

夏沙多大屋頂想要的麵包？當然，就是適合搭配咖哩的麵包。

我漏了這點。

不愧是大商家的店長。

和店長見面後過了幾個月。

我們所做出來的麵包儘管味道還比不上員工麵包，但如果是拿來搭配咖哩應該就不會輸了。

然而，不能只因為這樣就自傲。

畢竟，這點程度還嚇不到那位店長嘛。呵呵。

我要烤出更美味的麵包。

3 爭執？不，是餐會

人聚在一起，除了和睦相處之外，偶爾也會對立或爭吵。

在「大樹村」也一樣。

雖然基本上相處融洽，不過偶爾還是會吵架。但是，不可以動用暴力。這是我規定的。

所以，要擺平爭執，就得靠暴力之外的方法。

最近的主流是相撲、比腕力、下棋，以及賽跑。還有比誰打到的獵物大、比腹肌或比拉單槓的次數。雖然也有人想用食量和酒量分勝負，不過這種對決就得制止了。

我不打算批評街上舉辦的大胃王比賽，但是在村裡希望大家珍惜糧食。

至於比拚酒量，當我要他們別用酒改用水來比時，原本還在吵架的兩名矮人露出一模一樣的不滿表情，害我笑了出來。

可是，暴飲不是什麼好事，還有急性酒精中毒的危險。

喝酒就該好好享受。

到了不同的地方，風俗習慣也會跟著改變。解決爭執的方法也是各式各樣。

這回則是夏沙多的漁夫和海洋種族起了爭執。

所謂的海洋種族，就是指主要在海裡生活的種族。像是人魚。

夏沙多市鎮面海，理所當然有港。

在港口與船上工作的，主要是人類與魔族，很少看見海洋種族。

但是，想取得海產，就需要海洋種族幫忙。

好比說捕魚。人類和魔族搭船出港後，會詢問海洋種族漁場在哪裡，並且請人家幫忙驅趕魚群。

除此之外，也會拜託海洋種族住在海裡的魔物與魔魚等物種接近時提前告知，藉此逃離危難。

人類和魔族捕到魚，就會提供海洋種族想要的東西當成報酬。要的有可能是金錢，也有可能是雞、豬、山羊和牛等陸地家畜，也有可能是陸地上採集得到的藥草。

大致上雙方每個月都會討論，截至目前為止很少起爭執，頂多數年一次。

然而，這回兩邊吵起來了。因為給不出海洋種族想要的東西。

「想要咖哩？」

「似乎是從在港口工作的人那邊聽說的……」

但是，開在夏沙多大屋頂裡的咖哩店「馬菈」沒提供外帶。

我擔心顧客將咖哩帶回去會引起食物中毒等意外，所以這麼指示。

漁夫們似乎解釋了這點，並且告訴海洋種族可以去店裡吃。

不過，對於海洋種族來說，地點離海邊實在太遠了。雖然他們不是不能在陸地上走動，但是海洋種族基本上不太喜歡讓身體過於乾燥。

所以他們表示要自己做，要求提供食譜、調味料和材料……不過食譜沒得談，調味料和材料也相當昂貴。

只有咖哩店「馬菈」才能壓到那種價格。

漁夫們面有難色地表示不划算，於是兩邊吵了起來。

這件事傳入人在「大樹村」的我耳裡時，已經吵了好幾天。

人家用小型飛龍聯絡我，表示爭執解決之前弄不到海產，我才曉得這件事。

戈隆商會的海產也是透過漁夫拜託海洋種族弄來的。

特別是昆布和螃蟹，都是請海洋種族幫忙採集與捕捉。

原本這件事應該輪不到我出面……但是海產斷供不能坐視不管。

不，老實說吧。

我對他們擺平爭執的方法很感興趣。

我來到夏沙多市鎮。

移動時是騎在化為龍型的哈克蓮背上。

同伴有獸人族的格魯夫，以及露和蒂雅。

格魯夫同樣是因為他熟悉夏沙多市鎮；露和蒂雅則是我邀的。

因為上次來的只有我，有點過意不去。

如果下次還有機會，我想帶莉亞和安她們一起來。

以龍的模樣造訪似乎會令街上陷入恐慌，所以我們在相當遠的地方著陸。

由於事前聯絡過了，因此我們是搭乘戈隆商會派來迎接的馬車進夏沙多。

我們住在麥可先生安排的旅店裡，等待爭執解決的日子到來。

這段期間，我和露、蒂雅、哈克蓮做了些像在約會的事，也有去夏沙多大屋頂幫忙。

嗯～？露和蒂雅妳們明明沒來過這裡，可是感覺比我還要熟悉耶？沒這回事？這樣啊。

夏沙多大屋頂……員工變多了呢。

於是，那一天到來了。

地點在海邊。是沙灘呢。

夏沙多的漁夫和商人們在陸地這一邊排排站，海洋種族則待在海那一邊。

我原本以為看熱鬧的觀眾會稍微遠一點，卻意外地靠得相當近。

算了，畢竟不是鬥毆嘛。

海洋種族除了上半身是人類下半身是魚的人魚之外，還有上半身是魚下半身是人類的魚人。

外表像珊瑚的生物，則是樹精靈的海生種。

我起先還在想「他們旁邊的長得和蜥蜴人好像啊」，結果好像就是蜥蜴人。

只不過，這批也是海生種，似乎和村裡的蜥蜴人算是完全不一樣的種族。

這部分是露和蒂雅告訴我的。

我們待在漁夫和商人這一邊。

雖然我和格魯夫會下場，但是露、蒂雅和哈克蓮不會參加。

「那麼，開始吧。」

看似海洋種族代表的老年男性人魚宣告。

接著，立刻有人搬來桌子。

座位有十個。

五位漁夫走出列坐下，商人方由戈隆商會的採購負責人蘭迪與另外兩人上前。剩下的兩個座位，屬於我和格魯夫。

「接下來就按照古時流傳下來的規矩，解決我等與城鎮的爭執吧。」

老年男人魚以誇張的動作向周圍宣告。

「如果你們能通過試煉，我等就會聽從城鎮。」

這句話讓漁夫們爆出歡呼。

「如果無法克服試煉，城鎮則要聽從我等。」

這句話讓海洋種族們爆出歡呼。

不過，雖說是聽從，卻也不是當對方的手下，而是遵照對方要求的意思。

「那麼，第一道！端上來！」

於是餐點擺到就座的十人面前。

沒錯，所謂海洋種族的試煉，只要吃他們端出來的海產就好。

為什麼這叫試煉啊？

我對這點感到懷疑，又聽說會端出奇怪的海產，所以跑來觀摩……結果漁夫那邊的人湊不齊，所以變成由我下場。

會端出什麼詭異的東西嗎？

口味因人而異，因此規則允許攜帶調味料，這點幫了大忙。

首先是第一道。

鮪魚生魚片，色澤漂亮的紅肉。切得厚厚的三片。

嗯，好吃。

就算不沾醬油或山葵也行。真希望能再來一份。

不不不，後面還有別的菜，所以吃太飽可不行。要克制。

正當我期待著下一道時，發現周圍的情況不太對勁。

首先，除了我以外的九人。

五位漁夫、蘭迪、兩位商人，以及格魯夫。

都在發抖。

「怎、怎麼會這樣……突然端出生魚是犯規吧。」

「上次不是到最後的最後才端出來嗎？」

兩位商人瞪著生魚片，一動也不動。

蘭迪下定決心抓起一片……喘著氣送到口邊……但是沒辦法。出局。

格魯夫一臉快哭出來的模樣看著我。

你們就那麼拿生魚沒輒嗎？格魯夫把自己的生魚片端給我，出局。

五位漁夫……其中兩個勉強吃完了。剩下三人，則是以期待的眼神看著我。

嗯，我會加油，你們棄權沒關係。兩名商人也是。不要勉強。

不能好好享受美食，可是對食物的褻瀆喔。

啊～不過飲食習慣很難改變吧。

我也不例外，假如人家要我好好享用吃不慣的東西，我也會覺得頭痛嘛。

「哼哼哼，剩下三人啦。不過，下一道就會把你們也收拾掉。」

男人魚用反派的口吻說完，示意端出下一道。

第二道，生魩仔魚。

加點醬油……嗯，讓人想配飯吃。

兩位漁夫也努力撐過去了。

第三道，海膽。

應該不需要把殼吃掉吧？真好吃。

兩位漁夫在這一關棄權。

只剩下我了。

第四道，河豚。

「有毒可不行喔。麻煩把沒毒的部分端出來。」

「你……不怕嗎？」

「世上沒有會拒絕河豚的笨蛋。」

我吃完河豚後，海洋種族們發出讚嘆聲。

「好厲害。」

「那種魚連我們都不想吃耶……」

照理說是友軍的漁夫和商人反倒發出近似慘叫的聲音。為什麼？

第五道，螃蟹。

嗯，生鮮螃蟹，好吃。

我無法接受旁觀的漁夫裡有人昏過去了。

「從、從下一道起，就按照你期望的調理方法上菜吧。」

「嗯？可以嗎？」

「沒辦法，畢竟連我們這些種族也沒什麼人能直接吃。」

「原來如此。」

真有運動精神。

第六道，鮭魚卵。

…………

這要怎麼調理啊？我還以為你們很有運動精神耶。

我滴了點醬油，就這麼直接享用。果然，還是會讓人想配飯。

第七道，海螺。

這個帶殼烤。

怪了？我記得曾看過夏沙多的攤販在烤……

「海洋種族不吃海螺嗎？」

「呃，因為樣子很噁心……」

啊～這麼說好像也對？不過很好吃喔。

第八道，鮑魚。

如果先曬乾再泡開會更好吃耶。

我選擇用烤的。

第九道，海鱔。

我請他們用燉的。

嗯，不壞。

「相、相當勇猛嘛。」

不，我只有吃東西而已耶。

「接下來是最後一道……就算是你，應該也撐不住吧。」

男人魚說出食材的名稱之後，周圍爆出慘叫聲。

就連海洋種族也有很多人排斥。

第十道，章魚。

「請把一隻腳做成生魚片吧。其他的腳幫我裹上麵粉後油炸。至於頭……就麻煩去掉內臟之後用烤的吧。」

非常好吃。

就這樣，夏沙多漁夫和海洋種族的爭執解決了。

這個月以和上次一樣的內容交易。

不過，雙方感情也沒有惡劣到會因為通過試煉就趁機謀取暴利。

關於海洋種族想吃咖哩這點，則是敲定每個月在海邊開店營業一次。

這是馬可仕和寶菈的提議。

按照他們的說法，別處也有找上門談開分店的事，為了將來著想打算試試看。

應該也考慮到了員工未來的出路吧。

漁夫和商人們為了答謝我解決他們與海洋種族之間的爭執，似乎願意合資在海邊替我們蓋一棟簡單的店舖。

真是感激不盡。

可是看他們那個樣子，難道以前都沒出過問題嗎？

以前有個什麼怪東西都吃的漁夫？可是他因為壽命……原來如此。節哀順變。還有，別說什麼怪東西。人家只是喜歡海產而已。

海洋種族也因為替我添了麻煩而低頭致歉。

雖然他們談到開店經費的事，不過我回絕了，並且提出另一門生意。

當然，是透過戈隆商會。

「這次端出來的海產，我希望能定期提供。至於魩仔魚和鮭魚卵……這個嘛，產季到了再說就好。

海鱔不用勉強。鮪魚、螃蟹、海螺、鮑魚和章魚麻煩儘量幫忙。河豚……村裡有人會調理嗎？如果可以只把有毒的部分去掉……啊，露做得到？有能驅毒的魔法？原來如此。那麼河豚也麻煩了。」

如果還有烏賊或飛魚就再好不過了。

咦？吃烏賊很平常，所以漁夫們會撈捕？章魚卻不行？

嗯～飲食文化。

無論如何，這趟旅行收穫豐碩。

日後。

有辦法和我一樣吃海產的，只有座布團、烏爾莎和貓。

呃，我沒有要勉強人家吃啦……特別是章魚有很多人排斥。

不過，要是大家知道炸章魚有多美味又會怎麼樣呢？呵呵呵。

啊，不用勉強沒關係喔。有興趣再試無妨。

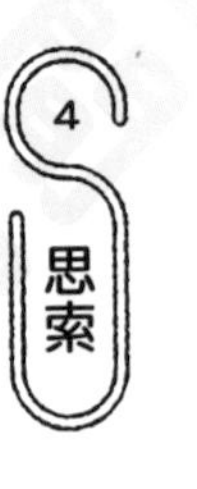

秋天。

不對，不久之前就入秋了。

多虧了太陽城，用看的就能曉得現在的季節。

太陽城曆相當優秀。

雖然不是順時針運行令人有點介意。

收成開始。

全村總動員努力幹活。阿爾弗雷德也來幫忙啦？拜託嘍。不過，注意別逞強。

各村也開始採收。

收成似乎相當不錯。不過，也有報告指出部分田地的成長情況不佳。之後再問個清楚吧。

秋收結束之後，就是武鬥會。

今年從籌備到主持都交給文官少女組。

我有些事非得思考不可。

和夏沙多大屋頂……不，和那一帶的發展有關。

我初秋去夏沙多時繞了一圈，發現夏沙多大屋頂的南側大約有一半成了牧場。

大概是為了建車站做的準備吧。

這部分已經交給麥可先生和馬龍了，我不會多嘴。

為了測試……或者說為了培育車伕，數輛馬車在夏沙多大屋頂周圍繞行。

畢竟不管怎麼說，夏沙多大屋頂實在很大。

一圈八百公尺。

馬車會在各個轉角停下來載客，把這部分包含進去之後，似乎是跑一圈需要十五分至二十分左右的超安全駕駛。

這種哪裡都不去的遊覽馬車意外地受歡迎。

小孩子想坐倒還能理解，不過乘客大多是附近的太太。

可以免費搭乘不在城鎮間移動就沒機會坐的馬車，這點似乎相當吸引人。

即使有一次一圈的限制，還是排起了不短的隊伍。

麥可先生與馬龍看見之後，很有信心車站計畫會成功……但是該說他們意外地思慮不夠周全嗎，我不太曉得要怎麼說才好。

馬車上頭的廣告只有文字。

考慮到能夠讀寫的居民不多，這樣應該不會有什麼廣告效果吧？

按照我的想法，廣告本來應該是繪畫，看來雙方的認知有落差。反省。

就慶幸能在這個階段發現吧。

至於我思考的重點，則是夏沙多大屋頂的東側該怎麼辦。

雖然和麥可先生他們討論了很多，但是最後該怎麼辦，他們說由我決定。

這樣好嗎？我可是在街上停留時間合計不到一週的男人喔？

似乎是因為我買下了那塊土地，理所當然該由我決定。原來如此。

我在想，是不是要蓋一間能夠聚集人潮的設施，提升夏沙多大屋頂的營收。

當下我想到的是劇場。然而，說起該在裡面表演什麼就讓人頭痛了。

這裡好像沒有什麼職業劇團。不，有是有，但似乎都是貴族聘請的專屬劇團，不會對一般大眾公開演出。

職業音樂家也一樣。他們都受聘於貴族，作品不對一般大眾公開。

似乎只會在貴族的派對等場合表演。

儘管有些劇團和音樂家沒成為貴族的專屬，然而正確說來他們並非不當專屬，而是當不成專屬的業餘人士。

設置在夏沙多大屋頂裡的舞臺對他們來說似乎已經夠用了，甚至讓人感覺他們還沒完全發揮舞臺的效果。

即使蓋了專用的劇場，大概也沒有相應的內容吧。

這麼一來，很遺憾地只能放棄劇場……想想其他有可能吸引客人的設施。

從前，我曾經提議在南側蓋水族館，不過有魚類的運送飼養等問題，所以地點不適合。

同樣提議過的學校，則因為超出商人能考慮的範圍，讓人家面有難色。

的確，如果想建立學校，就會需要城鎮或國家的支援。規模太大的就算了吧。

畢竟我不是市長，而是村長嘛。

那麼，把學校的規模縮小，弄成類似學堂那樣如何？

不要搞得太誇張，一天教學幾個小時之類的。

…………

湊不湊得到一批師資也是問題啊。

不，夏沙多大屋頂的員工應該做得到吧。

嗯，學堂似乎不壞。

問題應該在於，光靠一間學堂沒辦法填滿東側那片兩百公尺乘兩百公尺的廣大空間吧。

唉呀，也不用拘泥於一間設施。

雖然建設費用會提高，不過分成幾棟建築也不壞。

這麼一來，我會想採用很早之前就向麥可先生提議過的大澡堂。

雖然夏沙多不至於不衛生，但是沒澡堂讓我有點不滿。

員工宿舍的澡堂還算受歡迎，所以會有需求……應該有吧？
員工是因為免費才進澡堂，如果要收錢，大家還會習慣上澡堂嗎？
…………
不，我待在夏沙多時沒辦法泡澡才是問題。
雖然馬可仕和寶菈的家有，但是去那邊借實在不太好意思。不如說會給他們添麻煩。
實際上，我一試著開口借用，休息中的員工們便跑去馬可仕家開始清洗浴室。
當時同行的露、蒂雅和哈克蓮一臉理所當然的表情，但是我會介意。
我想悠哉地泡澡。
所以大浴場也列入考慮。

再來……住宿相關的怎麼樣？
如果車站正式運作，應該會有很多旅客聚集吧？
在附近蓋間住宿設施應該不是個壞主意。
說到住宿，麥可先生替我安排的夏沙多旅店相當豪華，感覺很不錯。
寬敞的房間有床鋪、桌子和椅子。採光良好，窗簾也很乾淨。每個房間都有廁所這點也值得好評。
雖然沒有浴室和自來水，不過對隔壁房間待命的女僕與侍者說一聲，他們就會拿水過來。
應該說隔壁隨時都有女僕和侍者待命……實在很誇張。

不過，就我個人的感想……還是村裡的旅舍比較自在，容易靜下心來。

桌子、床鋪和窗簾之類的，感覺也是村裡用的比較高級。

是因為習慣嗎？或許是私心作祟吧。

露和蒂雅表示，以庶民的旅店來說算得上很高級了。

哈克蓮……不予置評是吧。

也是啦。

到夏沙多之前，我們先在德萊姆的巢穴住了一晚。

因為是龍的巢穴，所以會讓人聯想到岩窟之類的景象，不過弄成那樣的只有一部分，德萊姆他們是住在普通的屋子裡。

普通？應該算不上普通吧。一間在山裡恣意擴張的屋子，說是宮殿或許也行。畢竟還有類似謁見廳的地方。

牆壁、地板和天花板全都有非常奢華的裝飾，地毯連外行人都看得出來是超高級品。

這些都由惡魔族的管家和女僕負責管理。

雖然已經讓我覺得很誇張了，不過德斯的巢穴和萊美蓮的巢穴據說更誇張。

他住在這種地方，讓我擔心村裡的旅舍和自家的客房能不能讓他滿意；不過德萊姆的房間倒是只有大約四坪寬，感覺很自在。

雖然還是秋天，他多半已經搬出暖桌來用了吧。
他似乎也很愛從「大樹村」買的棉被。多謝惠顧。
雖然我傾向這樣的房間，不過他替我準備的客房差不多有十五坪，感覺就像美術館的某個角落。
讓人難以入睡。
露和蒂雅倒是在我身旁睡得很熟。

言歸正傳。
我之前住的那間夏沙多旅店很豪華。
只不過，感覺還有能改善的地方。
但是聽格魯夫說，就算是那種房間，也已經高級到庶民不敢住。
仔細一問才曉得，我住的那間要讓貴族下榻似乎也沒問題。
因為有點難以置信，所以我要格魯夫帶我去便宜的旅店反省一下。
便宜旅店……連旅店都算不上。房間是用木板隔出來的，沒有門或床之類的高級物品。
更差的只有屋頂，連隔間都沒有，是個讓客人隨便亂躺的大通鋪。
當然，也沒有什麼保全措施，必須自己顧好自己的安全。
老實說，就算人家要我睡在這裡，我也會拒絕。感覺在森林裡紮營還比較能夠安心。

我姑且還是請他帶我去中等的旅店看看，這邊則是一樓餐廳、二樓客房那種中世紀奇幻作品中常見的兼營餐廳型。

吃飯基本上是另外收費。

房間雖小，不過有床。應該說「只有床」嗎？

算是單純用來睡覺的房間吧。

窗戶有鐵柵。似乎是為了防止逃跑。

回想到這裡，我開始思索。

以住宿費用來說，麥可先生安排的豪華旅店有供餐，一晚收兩枚銀幣，換算成中銅幣是兩千枚。

中等水準的旅店，吃飯另外收費，住一個晚上約是三枚大銅幣，換算成中銅幣是三十枚。

便宜的旅店，住一晚……應該說入場，要兩枚中銅幣。

差距真大啊。

假如要經營住宿設施……該瞄準哪個區段？我不想礙到現有的旅店……所以差不多一枚大銅幣？還是說，乾脆狠一點弄間收十枚銀幣左右的旅店？真令人煩惱。

…………

反正有地，全部都弄就好啦。

之後關掉不行的旅店，留下受歡迎的。

嗯，就這麼辦。

問題在於……大概一樣是人手吧。

如果拜託麥可先生或戈爾迪，應該就能搞定吧。

算了，反正是草案。就別跟它客氣，放手規劃吧。

這麼一來就有學堂、大浴場和住宿設施……

剩下的部分就單純準備好店面，往出租的方向走如何？

就我來說，希望能納入與美容和裝飾有關的店。

目標是女性客群。

而且不是當地女性，而是旅行的女性。

用美容與裝飾相關店鋪吸引搭乘馬車來到車站的女性客人，附近則有大浴場和住宿設施。

道路對面則是夏沙多大屋頂的餐飲店家。

嗯，這不是很好嗎？

總而言之，草案完成。

只不過，在拿給麥可先生看之前，我想先給村裡的人看，聽聽他們的反應。

學堂的評價不壞。

重點似乎是可以自由選擇時間上課。

蜥蜴人和格魯夫建議納入武器使用教學，採納。

大浴場也沒有人質疑。

不過，有人擔心夏沙多的水源問題。

位在海邊不代表水資源豐富。

想要確保乾淨的淡水，在海邊似乎反而比較麻煩。

這部分就和麥可先生好好商量一下吧。

住宿設施……評價兩極。

贊成的人表示，有個可以安心的住宿地點沒什麼壞處。

否定的聲浪，主要在於擔心顧客的禮貌。

我恍然大悟。

這裡不是日本，會有人攜帶武器，也會有人使用魔法。

考慮到一旦碰上什麼狀況可能會有人鬧事，高價旅店會出問題。

或許就是因為這樣，旅店價格愈低廉，屋裡的東西愈少。

這麼一來，走高級路線大概是正解。

我原本考慮一枚大銅幣的旅店要弄成膠囊旅館那種感覺……嗯～

算了，聽過麥可先生的意見再做最後決定吧。

我雖然會對店的類型和經營模式表達某種程度的意見，不過實際運用應該還是會交給戈隆商會與目前那些員工吧。

如果我待在那邊，就能多做點事……嗯，不行。

我是村長。村子比較重要。

那邊……只是心血來潮開的店，變得比預期來得大而已。反省。

都怪我沒搞清楚金幣的價值。

居然比我想的還要貴重百倍以上……

不過，地價倒是比我預期得還要便宜。大約只有十分之一到二十分之一。

也難怪會那麼寬敞了。

不過，我也有話要說。

之所以沒弄清楚金幣的價值，不能只怪我。都是因為和德斯他們的來往。

在村裡收成完畢後，我會分一些作物給龍。這些東西不會收錢。

相對地，他們日後在武鬥會與慶典期間造訪時，會帶些伴手禮過來。

這些伴手禮，起先是武器防具、寶石飾品和魔道具，現在則是金幣。

因為武器、防具和魔道具很難變現，而且價值太高平常不方便使用。
同時我曾聽說過夏沙多面臨通貨不足的問題。
於是，他們拿來村裡做的桶子。
原本是用來裝酒的大桶，大得能夠把人裝進去。
已經把酒倒空的桶子裡，裝滿了金幣。
不是幾百枚幾千枚而已。
我嚇了一跳，不過聽說龍的巢穴裡金幣多到會發霉。
在德斯的巢穴，就算裝滿一萬個這種大桶子也還有剩。
德萊姆的巢穴雖然好像比較少，不過也能裝個上千桶。
然後，露她們表示之前收到的那些武器、防具和寶石飾品換成錢之後大概就這麼多，讓我以為金幣原來沒什麼大不了的。
村裡的居民們也沒有特別感到驚訝。
嗯，我是個笨蛋。
我忘了德斯是這個世界最高階的龍。反省。
順帶一提，村裡的居民們之所以不感到驚訝，似乎是因為農作物買賣已經讓他們的感覺麻痺了。
村裡的穀物和水果，價格是一般的百倍到千倍。蜂蜜和調味料的價格甚至看不到頂。

買賣都是以金幣為中心。

這也是讓我判斷失準的理由之一。

應該說，要不是因為有這種價值，麥可先生也不會特地來訪吧。

聽人家這麼說我就明白了。

…………唉。

我真是不知世事啊。

由於曉得價值了，所以我要求龍族從明年起別帶伴手禮。

雖然就文化來說似乎顯得有失禮數，不過我一句話就讓他們安靜了。

「來看女兒（哈克蓮）和孫子（火一郎）需要伴手禮嗎？」

同樣地，始祖大人也不需要帶伴手禮。

雖然並不是真的有血緣關係，不過他就相當於露的爺爺嘛。

至於魔王……用芙勞和文官少女組當藉口有點牽強，但是就勉強找個理由把伴手禮推掉吧。

麥可先生也不需要。海產交易已經綽綽有餘。

不過，我過去拜訪時會帶很多伴手禮，呵呵呵……咦？

拜訪商人不需要伴手禮？是這樣嗎？確實之前都沒送。

我還是多了解一下這個社會吧。

題外話。

如果有冒險者攻略龍的巢穴，似乎就會因為大量金幣流入市面導致金幣貶值。原來如此。

「不過這幾百年來，能夠贏過龍的人類……只有村長呢。」

5 文官少女組的武鬥會

秋天收成後的武鬥會，和往年一樣平安結束。

嗯，頂多就是舞臺需要重新製作個三次而已，沒什麼人受傷。

頂多就是之前都舉行一到兩天，這次變成四天而已。

容許範圍。完全在容許範圍內。沒有任何問題。

所以，不用把頭壓得那麼低也沒關係喔。

這次的武鬥會，我試著全部交給文官少女組處理。

感覺非常輕鬆愉……才怪。

我被找去重新製作舞臺、替吵起來的小黑子孫們評理、應付喝醉的龍族……

感覺和平常沒什麼兩樣。

話說小黑的子孫們，因為想要我陪你們就假裝吵架可不行。我很清楚你們感情有多好喔。

還有，基拉爾。

我不知道發生什麼事，但是拜託你不要把臉放進酒桶裡。一直期待酒漏出來的酒史萊姆可高興了。

呃，到底發生什麼事？雖然八成和古拉兒有關……

嗯……古拉兒握住火一郎的手讓你大受打擊？

喂喂喂，火一郎才剛滿一歲耶……

一歲。一年啊。時間過得還真快。不久之前他還在用爬的吧？回過神來，不知不覺已經會站了呢。

唉呀，嫉妒這樣的小孩未免太急了吧？你說等到女兒出嫁就曉得？哈哈哈。

蒂潔爾不會出嫁所以沒問題。

離題了。

我認為文官少女組幹得很好。

這次武鬥會出乎意料的事有點多。

首先是賓客。

慣例的龍族一家和魔王他們，以及始祖大人。

這次麥可先生不參加。似乎是夏沙多那邊的工作很忙。

我想，多半和夏沙多大屋頂有關吧。真是抱歉。

龍族一家包括德斯、萊美蓮、德萊姆和德萊姆的妻子葛菈法倫。

另外哈克蓮的妹妹絲依蓮、絲依蓮的丈夫馬克斯貝爾加克，以及他們的女兒海賽兒娜可也來了。

魔王那邊則有魔王和他女兒優莉，四天王比傑爾、藍登、葛拉茲與荷，精銳盡出。

始祖大人帶著芙修來訪。

到此為止都和往常一樣。

和往常不一樣的部分，在於大家各自帶了新面孔來。

龍族一家帶來一名惡魔族男性。

這名粗獷的男性和至今曾經來過的古吉與助產師等人都不同，該怎麼說呢……感覺像一位身經百戰的將軍。

他顯得相當有幹勁，打招呼時卻很穩重。

不過在武鬥會上大為活躍就是了。

魔王帶來的，則是怎麼看都像大貴族的兩位男性長者。

他們的地位似乎在四天王之下，但是對話和態度卻給人在四天王之上的感覺。

比傑爾偷偷告訴我，這兩位是前一代的四天王。原來如此。

然後，文官少女組之中，似乎有三人是他們的孫輩。

煩惱著該怎麼打招呼的我走向兩人，他們卻先以近似下跪的動作問候我。看來他們很謙虛。

兩人陪史萊姆和馬玩的時間比觀賞武鬥會還要長，性格應該很溫和吧。

今後也請多指教。

始祖大人帶來的，是個看起來很倔強的女孩。

外表是個十五歲左右的千金小姐，卻散發某種讓人難以親近的氣息。

根據始祖大人的介紹，理所當然地她不是什麼普通的千金小姐，而是有神明庇佑的聖女。在某些地方會稱這種人為使徒或神的代行者。

為什麼要帶這種人來武鬥會？來祭拜創造神像的嗎？還是那尊用黑岩削成的像？

這些也是理由，但是重點不在這裡？為了挫挫她的傲氣？

我不太明白你的意思……

算了，既然不需要在意，那我就不去在意了。

不過，她非常怕貓耶。不去幫她沒關係嗎？烏爾莎抱起貓追著她跑喔。啊，小黑的子孫們也參加了。這可不是在玩你追我跑喲～

這些新面孔讓文官少女組的賓客管理變得一團亂。

她們和分完集團後就把人丟進帳棚端出酒菜的我不一樣，還考慮了很多像席次之類的事。

是不是我太隨便啦？

畢竟來賓幾乎都沒待在她們考量後安排的席位上……感覺我的辦法比較好耶。

不好好考慮這些事不行？特別是有大人物在場時很重要，某些人甚至會因為席次而開戰？

或許是這樣沒錯，但是等到會在意這種事的人來訪再去安排不就好了嗎？啊，不知道新來的人會不會介意這些事嗎？原來如此。

然後，這次南方迷宮的半人蛇族和北方迷宮的巨人族各來了二十人，而且全都幹勁十足。

似乎是為了參加武鬥會而鍛鍊一整年的精銳。

你們原本有這麼好戰嗎？

嗯？半人蛇族和巨人族在飆舞啊。

看樣子雙方建立了良好的關係。真是好事一樁。

咦？不是？那是戰嚎？戰鬥之前提振士氣的舞蹈？說提振士氣……武鬥會是明天呀？

算了，大家開心就好。

二號村的半人牛和三號村的半人馬也紛紛加入。啊啊！前哨戰開始了……注意別在正式開始之前受傷了喔。

文官少女組也是，不要勉強阻止他們比較好……啊，他們在預定舉行預賽的地方鬧啊？

沒辦法，請大家換個地方吧。

好，全體往右移動。

那邊在比腕力的矮人們也要移動喔～

總之，就像這樣，預定計畫逐漸出現了差錯。

而且，除了往年的一般組、戰士組和騎士組這三個組別之外，還另外設了地獄狼組、惡魔蜘蛛組與君王組……

嗯，超出能力範圍了。

當然，文官少女組也不是笨蛋。

她們有預料到突如其來的訪客，也猜到有人會擅自開打。

她們已經考慮過該怎麼應對，並做了準備。

至於八成不會夠的人手，則請獸人族的女性們幫忙；還事先找了德萊姆商量，請他在出狀況時幫忙鎮壓。

不過，出了足以翻盤……或者說毀掉一切的意外。

負責統領文官少女組的芙勞懷孕了。應該說她的肚子已經大到看得出懷孕，大概會在冬季過到一半時生產。

本人毫無自覺，以為只是自己胖了點，所以發現得晚。

她的父親比傑爾欣喜若狂，看來短時間內沒辦法正常對話，而且已經開始替小孩想名字了。希望別和芙勞因此吵起來……

此外，獸人族的代表賽娜也懷孕了。

因為她最近比較積極嘛。我心裡有數。獸人族為此歡天喜地。

這件事也聯絡了好林村，那邊興奮到像在辦慶典。

然後呢，拉絲蒂也懷孕了。

拉絲蒂……雖然平常外表相當於中學生，不過到了晚上就會讓身體變成熟嘛。絕妙地正中我的喜好……大概是向露學的吧。

母龍到生產為止都會固定為懷孕時的模樣……也就是人型，沒辦法化為龍型，所以拉絲蒂懷孕比較早發現。

為了讓我的精神保持安定，我要她在懷孕期間盡可能維持大人的模樣。

德萊姆和葛菈法倫雖然為了拉絲蒂懷孕而高興，不過他們似乎不曉得該怎麼高興才好。

和德萊姆同行的古吉則是迅速做了各種安排。

身為文官少女組核心的芙勞因為懷孕而脫隊，原本負責統整獸人族的賽娜也因為懷孕而脫隊，加上拉絲蒂懷孕而陷入混亂的德萊姆……

於是各位明白了吧。

嗯，即使如此還是能把活動辦完，可以歸功於文官少女組的努力吧。

沒有失敗喔。這是成功，成功沒錯。不需要哭啦。

畢竟讓芙勞和賽娜懷孕的是我嘛。

總之，幹得好。大家辛苦了。

一般組　　　　　勝者眾多
戰士組　　　　　優勝者　矮人多諾邦
騎士組　　　　　優勝者　天使族琪亞比特
地獄狼（雄）組　優勝者　惡魔族古吉
地獄狼（雌）組　優勝者　座布團
惡魔蜘蛛組　　　優勝者　冥界狼吹雪
君王組　　　　　優勝者　萊美蓮

從這份有問題的優勝者名單就看得出武鬥會有多混亂對吧。

一般組、戰士組的發展很合理；騎士組則是琪亞比特掌握住強者互相消耗的好機會贏得優勝。

儘管和強者烏諾與枕頭參加其他組有關，依舊相當不簡單。

地獄狼組和惡魔蜘蛛組，相當於直接讓小黑的子孫們和座布團的孩子們之前自己舉行的預賽變成大會的一部分。

關於地獄狼組，基於小黑子孫們的強烈要求，所以區分男女……不，雌雄。

我原本以為狀況大概就這樣，卻有人突然闖進場內。

似乎是想挑戰地獄狼。相當有勇氣。

有了第一個人之後，大家「我也要、我也要」地先後參加，使得混亂愈發嚴重。

座布團之所以出場，應該是為了幫忙平息混亂吧。

君王組原本是安排讓龍族、魔王，以及各組優勝者參加的組別……但是萊美蓮太強了。

她起先沒打算參加，好像是火一郎為她加油的樣子。

在騎士組贏得優勝而參加的琪亞比特對上萊美蓮……這一戰還是別提了吧。

總而言之。

文官少女組幹得好。妳們辛苦了。

好啦，發給妳們說好的獎勵牌。

大家堅決不收，還要求接受處罰。明明不用那麼在意的。

唉，既然妳們想要接受處罰……那麼我有件事要拜託妳們。

關於夏沙多大屋頂啊，那邊人手不夠。不，缺的不是勞動力。

還記得嗎？像是之前商量的學堂教師啊，還有能經營旅館的人才。

而且員工教育光靠馬可仕和寶莅似乎也有極限。

文官少女組都是貴族出身。

如果大家有認識適合這些工作的人，希望能介紹一下。

嗯，誰都可以喔。只要能在夏沙多大屋頂工作就行，也會支付薪水。

人數……總之十人左右如何？喔，答應得這麼爽快啊？那就拜託嘍。

……咦？這不算處罰，所以希望有別的處罰？妳們對自己還真嚴格耶。

不過，我也有不嚴加處罰妳們的理由。

一旦嚴格處罰妳們，途中脫隊的芙勞和賽娜會介意吧？

所以這次就到此為止。

各自反省，下回要活用這次學到的教訓。

那麼，解散。

6 迎接冬天

武鬥會結束之後，村裡開始為迎接冬天到來做準備。

說是這麼說，不過大家都習慣了，甚至有人在武鬥會前就已經開始準備，一切都進行得很順利。

「村長、村長。」

沒錯，一切都進行得很順利。

「村長，逃避現實不好喔。」

文官少女組對我真嚴苛。

過冬準備進度延宕。

原因一半是武鬥會，另外一半……唉，一言難盡。

武鬥會的部分，單純是因為善後工作搶走了人手。

嗯，舞臺毀壞是難免，但是在觀眾席和泳池弄出大洞就不對了。

雖然由我修理馬上就能搞定，但是為了讓人有所反省，我要他們好好努力。

不過，會因此拖到過冬準備就出乎意料了。是不是該讓大家先做好過冬準備再處理這些事呢？

算了，反正修理工作應該快結束了，希望大家努力追回進度。

然後，剩下一半的原因裡頭，差不多又有一半左右……在於始祖大人。

首先，始祖大人把露、蒂雅、莉亞和哈克蓮帶走了。

差不多在春夏之際……我請始祖大人送我到夏沙多那段時間講好的。似乎是要當始祖大人的助手。

儘管應該沒什麼危險，還是讓人有點擔心。

擔心外遇？我沒有半點疑心。反倒是我會被懷疑。

放心，我絕對、絕對不會有什麼外遇！所以不用替我安排出門期間的對象也沒關係喔。

不對？不是這個意思？這樣啊，哈哈哈。

露、蒂雅、莉亞和哈克蓮在村內說話相當有分量，對過冬準備很有貢獻。

特別是露和蒂雅相當於我的祕書，她們不在會令我很困擾。

所以才頭痛。

之所以人數增加依舊能夠一切順利，都是靠著露、蒂雅，以及莉亞她們的協助——我重新認知到這一點。

再加上露、蒂雅、莉亞和哈克蓮都為我生了孩子。

莉亞生的兒子利留斯，有高等精靈們照顧；哈克蓮生的兒子火一郎，萊美蓮也很樂意幫忙帶，因此先當成沒問題。

露的兒子阿爾弗雷德與蒂雅的女兒蒂潔爾，則是拜託鬼人族照料。

這麼一來，就會導致整體進度落後。

希望露、蒂雅、莉亞和哈克蓮能早點回來。

按照始祖大人的計畫，她們似乎能在冬季正式降臨前返家。

過冬準備延宕也是無可奈何。

雖然落後的部分只要請手邊有空的人努力一下就好……

但是最需要努力的我抽不出時間。

主要是因為人際關係……不，主要是和懷孕的芙勞、拉絲蒂和賽娜有關。

拉絲蒂懷孕造成的問題。

就是拉絲蒂在生產之前都會維持人型，所以沒辦法化成龍。

再加上哈克蓮不在，村子的運輸能力大減。

此時德萊姆和葛菈法倫自告奮勇。

儘管他們願意代替拉絲蒂……能夠對他們下指示的人卻不多。

雖然我覺得不需要客氣就是了。

應該能下指示的露、蒂雅和哈克蓮都不在。沒辦法，我幾乎得全程在旁作陪。

其實也有可能代替我擔任這個角色的人才，那就是布兒佳和史蒂芬諾。

她們以前就待在德萊姆那邊，所以很習慣和德萊姆夫妻相處。

應該能對德萊姆和葛菈法倫下指示吧。

話雖然這麼說……不過她們現在的工作，是負責照顧拉絲蒂。拉絲蒂生產在即，讓她們比平時更為忙碌。

畢竟兩人忙到連今年的武鬥會都沒出場，實在不方便麻煩她們。

「不，就算拜託我們也沒辦法喔。要對德萊姆大人和葛菈法倫大人下指示——這種事情我們根本就做不到。」

這樣啊。真令人難過。

由於芙勞懷孕，比傑爾可以說幾乎都留在村裡，不過他是用傳送魔法往來村子和魔王城。

為了芙勞好該做些什麼？他找我討論了不少次。

不過與其說是為芙勞好，不如說他想安排一位芙勞專屬的女僕。

雖然我和芙勞都說有鬼人族女僕在不用擔心，但他似乎還是會不安。

因為拉絲蒂也要生，所以那些惡魔族的老手助產師還會再過來……

當然啦，如果拉絲蒂和芙勞同時要生，她們或許會以拉絲蒂為優先，不過應該是芙勞會先生產吧？

不知道會發生什麼事？話是這麼說沒錯……

和比傑爾商量許久後的結果。

有一位負責掌管比傑爾家中事務的老練傭人會過來。比傑爾打從小時候便受這位女性關照，有她在就能放心。

當然芙勞也認識這個人，所以應該沒問題，不過芙勞擔心地表示：

「要是賀莉過來，我反而會擔心王都的房子出問題……」

那位老練傭人名叫賀莉。

比傑爾的家……位於魔王國王都的克洛姆伯爵官邸，似乎是她一手打理。

「和房子相比，大小姐生產要來得重要多了。請多指教。」

賀莉雖然年事已高，背脊卻挺得很直。

那一絲不苟的態度，令人不禁想尊敬地喊她一聲「姥姥」。

實際上，比傑爾就是這麼稱呼她的。

賀莉花了大約兩天才習慣村子，不過習慣之後馬上就展現老練傭人的本事。

她算是芙勞的專屬女僕，但還是會和鬼人族女僕合作分攤大宅的家事。

阿爾弗雷德和蒂潔爾也很喜歡她。

嗯，能夠抓住烏爾莎訓斥的人才非常寶貴。

哈克蓮不在的此時顯得無比可靠。能不能就這樣留下來啊？

至於賽娜的部分，則由加特的妻子娜西一手包辦。

獸人族的女孩們也為了將來輪到自己的那一天而努力學習。

輪到自己的那一天……如果該做的事做了，應該就會有那麼一天吧。嗯，準備很重要。

賽娜同時也是好林村村長的女兒，所以和好林村的聯絡變得更密集了。

和好林村聯絡之後，那邊委婉地表示希望能安排個機會和我見面。

這麼說來，我不但沒去過好林村，也沒見過好林村的村長。

聽說「不認識女兒的對象」這種事不算罕見，但如果許可，對方還是想見個面。

那麼，我就跑一趟吧——我原本這麼想，卻被村民們制止了。

村民們說，以地位而言應該是對方的村長過來。

是這樣嗎？似乎是。

不過，冬天馬上就要到了，我也不好意思叫人家走路穿越森林。

更何況，現在哈克蓮不在，拉絲蒂不行。

我原本想拜託德萊姆……不過被加特和格魯夫攔了下來。

讓守門龍接送似乎不妥。

不得已，只好先答應將來找機會見個面。

「村長，不好意思，家父他很任性……」

「不，無妨。我明白他的心情。」

賽娜不需要介意……還是會吧，畢竟是父親嘛。

現在和好林村的聯絡比平常來得密切，有空的話妳就寫封信吧。

還有，始祖大人在武鬥會時帶來的聖女也留在村裡了。

雖然留了下來，不過幾乎都關在房間裡。

由於沒打算定居，只是在始祖大人把事情辦完之前暫時借住，所以是無妨……不過讓人很在意。

妳看～天氣很不錯喔～對溫泉有沒有興趣？要不要試著騎馬？森林……注意不要靠近。

雖然她不接受我的提議，但是不曉得為什麼，她很聽一號村居民的話。

正確來說，應該是聽某幾個一號村居民的話吧。

為什麼呢？

她也會聽烏爾莎的話呢。

啊，烏爾莎，不要因為她聽妳的話，就強迫人家和貓當好朋友。妳也不喜歡別人強迫妳去做不喜歡的事吧？

……書要好好讀。

要是因為哈克蓮不在就疏忽，她回來時可是會生氣的喔。

要一起工作倒是無妨。加油。

既然是戶外作業就多穿一件。

雖然吐氣還不至於變成白色，依舊不能掉以輕心。畢竟天氣不知不覺就會變冷嘛。

唉。

努力準備過冬吧。

總算。總算啊。

我得知世界面臨危機是在四十年前。我十歲的時候。

這是天啟。神要我拯救世界。

不是妄想。那的確是神的聲音。祂聽到我的禱告了。

於是我採取行動。為了拯救世界。為了湊齊討伐邪惡的軍隊。

具體來說就是念書。畢竟，沒有學識就得不到地位。

要是沒有地位，不管講的話多麼正當都沒人聽，這就是現實。

好比說行政官員和平民。即使講的話一樣，人們依舊會選擇相信行政官員。

這話出自有地位的人之口，應該是真的吧——我需要這種信任。

更重要的是人脈。和大人物拉關係非常重要。

我好歹出身貴族，這點還算幸運。

雖然是男爵家的三男，依然有些和大人物接觸的機會。

平民不管怎麼掙扎都沒辦法吧。

我二十歲參與行政，三十歲爬到能夠掌管一座都市。五十歲的現在已是宰相。

當然，我並不是只顧著工作。私生活也下了不少工夫。

二十五歲結婚，有五個孩子。長男娶了有力貴族的女兒，連孫子都生了。

次男儘管有些浪蕩，卻能在很多關鍵時刻派上用場。

三男以騎士的身分轉戰各地。人家說他是未來的英雄，但是在我看來還太嫩。

長女有點粗魯，令人擔心找不到對象，不過勉強搞定了。

這個世上，也有些癖好比較特殊的人。啊，不，我很感謝他。真的。畢竟內人也很擔心嘛。真的是太好了。

次女很內向，老是在讀書。她對魔法有興趣，但好像沒有才能。真是遺憾。

不過，幸好我們家境寬裕，讓她努力到能夠接受現實就好。

儘管我個人希望她能放棄，不過這種事畢竟不是人家講了就能死心。

那麼，雖然我在人家眼裡已經享盡榮華富貴……卻沒有忘記原本的目的。

拯救世界。為此，我要湊齊討伐邪惡的軍隊。

我費盡了苦心。

成果就在眼前。

黑暗的會議室裡點了蠟燭。

會議室的圓桌席位，包含我在內一共坐了十三名男女。

「議長，你忘記面罩嘍。」

「啊，抱歉、抱歉。」

真面目讓邪惡勢力知道了會有危險，所以戴面罩隱瞞身分成了義務。

面罩考量到透氣與對話方便，採用能輕巧覆蓋整個頭部的三角型。

全員都戴同樣的面具會有點難以辨識，所以額前有編號。

我是No.1。

最近，我感覺這個面具有點可笑。真奇怪。採用時明明覺得這個設計很棒……當時的心情已經消失無蹤。

不過，也不至於會想把它換掉。畢竟戴久了有感情嘛。

會議由擔任副議長的No.2主持。

副議長的真面目是國內科林教幹部之一。

他那股不容許邪惡存在的強烈正義感令人十分敬佩。

「那種保護邪惡的城鎮，滅掉就好了。」

不過，總覺得他對待邪惡好像太殘酷了點。

「魔導軍團已經準備完畢。只要您下令，隨時都能出動兩千人。」

負責管理魔導軍團的是No.4。

所謂魔導軍團，就是以高超魔法師為中心的戰鬥集團。

本來只是打算弄批護衛，不知為何就成了這種規模。

如果認真起來，好像能達到五千人左右。

「目前已確認的勇者有八人。不過，其中五人近來活動力低落，其原因不明。」

以諜報活動為主的Ｎｏ.８報告。

「活動力低落是什麼意思？不肯戰鬥嗎？」

「是的。不過，感覺上他們不只是不戰鬥，甚至連野外都不去了。不知為何還有人開始做起生意……老實說，令人相當困惑。」

「想理解勇者的行動只是在浪費時間吧？那種莫名其妙正是他們的強大之處。」

「嗯。算了，勇者就讓他們自己行動。我們的重點是……聖女。」

聖女。

聽得到神諭的人，在某些地方甚至會成為信仰對象。

既然能聽到神諭，就是我等的同胞。我們是因為這樣才和她接觸，不過……

被科林教總部搶先一步。沒能讓她加入，實在非常遺憾。

「聖女所在的建築已經查出來了。護衛很少，行得通。」

「行得通」是指什麼啊？我覺得硬來不太好耶？

「就讓我的軍隊去吧。哼哼哼。」

魔導軍團雖然是組織的軍隊，不過在場某些成員有私人軍隊。

自信滿滿舉起手的No.11也……怪了？No.11是我國的王子對吧？

王子沒有軍隊。難道說，他打算動用近衛軍？

這會牽扯到預算之類的問題，軍務大臣和財務大臣要抱頭叫苦嘍。

畢竟近衛軍本來就因為重視體面而非常花錢嘛。

慢著，「聖女所在的建築」應該是在別的國家吧？

讓我國的近衛軍過去……會出問題吧？沒關係嗎？

王子……不，No.11，你這股自信的根據是？

「因為我們就是正義。」

…………

怪了。

若是不久之前的我，只要聽到這句話就能接受……現在的我卻做不到。

我究竟是怎麼啦……

「敵人來襲！」

在會議室周圍戒備的人出聲喊道。除了我以外的人都拿起武器。

這種時候提這個雖然有點怪，但是聽我說句話行嗎？

各位拿的武器……有點凶惡，或者說有點醜耶？

因為是象徵正義的武器所以沒關係？這樣啊。

我花費四十年建立的組織被毀了。

是五至六名襲擊者幹的。不曉得對方是什麼來頭。

不過，對方能夠擋下魔導軍團引以為傲的強大魔法，還能使出像是龍焰(噴吐)的攻擊。儘管如此，卻沒有人喪命。

襲擊者攻擊我們時說了。

快點清醒吧。

真是不可思議。組織雖然被毀，我卻覺得神清氣爽。

我究竟是哪裡出了錯呢？

難道是四十年前聽到的神諭有錯嗎？

神啊，請讓我再聆聽一次您的聲音吧。

「因為情況不一樣了……抱歉。」

日後，聖女轉達了神諭。

閒話　魔法師

老夫名叫加布爾史洛，是位魔法師。

年輕的時候以優秀魔法師的身分活躍於各地，等到地位足以讓國家提供資金以後，便踏上魔法研究者之路。

成就？年輕時……還真的做過不少事呢。

知道全鬼迷宮嗎？沒錯，就是那個已經成為觀光迷宮的地方。

最早攻略那裡的團隊，就是老夫的隊伍喔。

嗯。不是什麼候補，攻略期間老夫也待在迷宮裡。疑心真重啊。

看吧，這是證據，迷宮攻略紀念章。這裡的雕刻有把老夫列入攻略成員對吧？

這是國家發的感謝狀。上面有名字對吧？嗯，總算相信啦。

此外還做了不少事喔。

最重要的……就是遇上「鐵之森林」的飛龍，並且活下來吧。

沒錯，就是那隻「鐵之森林」的飛龍。雖然差點沒命，還是勉強逃出來了。

很遺憾，這部分就沒有證據了。不用客氣，對老夫投以讚賞的眼神吧。

咦？身為魔法研究者的成就？

關於這個部分……可能有點難懂。老夫成功改良了三階火魔法，讓它能釋放相當於四階的威力。

…………

喂，這時候該表示驚訝喔。

像是「咦？那位創造火焰魔法的偉大魔法師就是您嗎？」之類的。

不知道？名氣不夠大嗎？這在咱們業界好歹也算是豐功偉業呢。

算了，也罷。

老夫的研究主要是改良中級魔法。

雖然有創造新魔法的念頭，不過這種事一旦失敗會造成很大的危害。

第一實驗場昨天中午爆炸了對吧？那就是想創造新魔法的結果。

老夫可不幹。畢竟安全第一嘛。

所以呢，老夫改良了不少魔法，並且寫成書留下紀錄。

問我能不能賺到錢？

賺得到喔。想讀這本書的人啊，多得數不清。他們捧著大把金幣排隊。

嗯，很厲害吧。

想看？

抱歉啊，這實在有點……別懷疑喔。真的有寫下來。

哎，那麼，老夫施展這個魔法讓你見識一下就行了吧。

走吧，去實驗場。第二那邊。

「所以呢？這就是研究的成果？」

「好像是耶。」

「怎麼看都是種寒酸的魔法嘛。」

「據說壓低了魔力消耗量，效率相當不錯……這個嘛，是有好一點點啦。」

在施展魔法的老夫身旁，有兩個女的好像在討論些什麼。

其中一個好像是天使族……怪了，這是怎麼回事？

老夫帶著前來取材的人到第二實驗場，展現引以為傲的魔法。當老夫得意地看向那個取材的人時，卻發現不知何時換成了兩個女的。

然後呢，這兩個女的。

接連要求老夫施法。

由於她們感覺相當不得了，所以老夫選擇照辦……不過是不是發怒比較好啊？

「喂，我確認一下。你就是阿托瑪的弟子加布爾史洛對吧？」

「咦？啊，是的。沒有錯。」

怪了？她們認識師父？而且直呼師父的名字？是師父的熟人嗎？

老夫的師父雖然是一位超級有名的魔法師，但是不擅長與人相處，應該沒什麼算得上熟人的熟人才對耶。

「那就是真貨嘍？雖然是受阿托瑪推薦才過來的，不過照這樣看來，把第一實驗場炸掉的那個魔法還比較有趣呢。」

…………

火大。讓人火冒三丈喔。

那個爆炸笨蛋會比老夫還要好？別瞧不起人啊，丫頭。

老夫的實力已經超越了師父……才對。想必是！

如果把老夫當成溫和的老人，那麼老夫就顛覆一下妳們的認知！

「總而言之，要談及高魔法效率，好歹該做到這種程度。」

其中一個女的說完，拿來當靶的木人偶瞬間燒成了灰燼。

…………

剛剛那個，是無詠唱施放七階魔法？

而且，用上的魔力只相當於一階？

…………咳咳。

老夫是個溫和的老人。

所以說，那個……兩位蒞臨此地有何貴幹？

她們的目的是招攬人才。

說什麼要開辦學堂，正在尋找講師。

…………

王族專用的學堂嗎？

不是？

教導庶民魔法的學堂？要找老夫過去教？

…………

老、老夫在魔法界好歹是名列前茅的研究家耶……

咦？師父也要參加？真的？那個師父？要出來？啊，已經出來啦。原來如此。

然後呢，師父想把我拖下水，所以供出我的名字……

老夫想狠狠地給師父一拳，他現在人在哪裡呀？

雖然差不多三十年沒見了，老夫可不會客氣喔。哈哈哈。

啊～所以啊，雖然機會難得，但是老夫還有工作……

咦？用不到我？要帶爆炸笨蛋走？要老夫留在這裡繼續研究？

…………

老夫十分冷靜，可沒有氣昏頭喔。雖然確實感到很不爽，但是老夫曉得，在這種地方發火不會有什麼好事。

啊，要打道回府啦？那麼請往那邊走。

放心。老夫很冷靜。是個冷靜過頭的男人。

…………

給我慢著——！

爆炸笨蛋會比老夫還要好嗎！

老夫會證明自己在他之上！老夫也要去——！

題外話，老夫的師父經常拿某件事炫耀。

他常說露露西．露是他的師父。

知道嗎？那個露露西喔。

人稱吸血公主的吸血鬼，世間罕見的魔法師。

在製作魔道具與魔法藥學等領域，她是排得上前三名的大師。

我之所以拜入師父門下，這點有很大的影響。

若要問我想表達什麼，就是露露西．露非常厲害。

她的勁敵是天使族的蒂雅。

別名殲滅天使的蒂雅，也是世間罕見的魔法師。純論魔像使役系的魔法，她甚至堪稱世界第一。這人也非常厲害。

…………

如果在學堂認真工作，就有機會向她們學習許多魔法。

這種待遇或許還不壞。

咦？芙蘿拉．薩克多也在？

真希望能向她學習治療魔法啊……

話說回來，這裡的陣容。

會不會太誇張啦？感覺沒受僱的高超魔法師幾乎都聚集到這裡了耶？

啊，空閒時可以自由研究魔法？哼哼哼。

就展現一下老夫的實力吧。

話說，這位不知不覺間已經回來的取材者。

你剛剛溜了吧？丟下老夫開溜是吧？

不是？你也是途中被招攬的魔法師？

要你幫忙叫老夫出來……

呵呵。

換句話說，你曉得老夫的豐功偉業是吧。

畢竟是魔法師嘛。

……喂，這種時候就算騙人也該說知道吧？這樣很傷人耶。

算了，也罷。

既然是同伴，就好好相處吧。

總而言之……先從收學生開始。

沒想到居然連一個學生都沒有。

不過，就算一個都沒有也無所謂。只要老夫……咳咳。只要有咱們在，應該不一會兒就能招收到很多人。

加油吧。

7 遊蕩噬蟲

入冬在即。

我來到溫泉地。同行者包括三名高等精靈、小黑、小雪，以及德萊姆。

雖然想泡溫泉也是理由之一，不過目的在於養護溫泉地的設施。

不管怎麼說，有使用就會受損……怪了，沒什麼損傷耶。

始祖大人來這裡的時候施了些魔法？這樣啊。

那麼，我就以打掃為重點吧。

雖然死靈騎士會簡單打掃一下，不過他們主要的工作是警備。

死靈騎士在溫泉地周邊巡視。

最近有獅子同行，所以能夠戒備的範圍拓展不少。真是好事一樁。

靠近溫泉地的魔物與魔獸，基本上都會遭到死靈騎士和獅子獵殺。

儘管獅子似乎已經宣告這裡是他們的地盤，還是會有一定數量的魔物和魔獸靠近。

可能是自尊心受傷吧。獅子的攻擊毫不留情。

只是因為沒有餘力手下留情？這樣啊。在不至於勉強自己的範圍內盡力就好。

死靈騎士也要記得適可而止……啊，不要緊是嗎。

木鎧甲和木盾的狀況如何？沒問題？太好了。

泡完溫泉之後，我先讓身體冷卻下來，然後把腳放進住宿設施大廳的暖桌裡。

嗯，暖桌果然好。

我把橘子擺到桌上，稍微悠哉一下。

和剛泡完的高等精靈們與德萊姆一起放鬆身心。

小黑與小雪則是輪流鑽進暖桌。

畢竟沒有大到能讓牠們同時窩進來嘛。

死靈騎士會先脫下鎧甲才進暖桌。

獅子……嗯，抱歉，進不來。

改天試著做個你們專用的暖桌吧。

嗯？

出去巡視的死靈騎士突然衝進屋裡，顯得十分慌張。

似乎是緊急狀況。原本的鬆懈氣氛，頓時變得緊繃。

窩在暖桌裡的死靈騎士以魔法穿上鎧甲。

就像變身英雄一樣。

接著小黑、小雪和獅子往外走，我、高等精靈和德萊姆也跟在後頭。

陪死靈騎士出去巡視的小獅子在外面。

再次讓人確認到牠長大了呢。

看來小獅子沒受傷，我鬆了口氣。

死靈騎士指向小獅子叼著的大蟲。

我看見蟲子之後的感想是……好大。全長差不多有一公尺吧？外型類似蝗蟲。

…………

而且有種奇妙的突兀感。

怎麼？蝗蟲？冬天要到了耶，這種時節有蝗蟲？

在這個世界不算稀奇嗎？

我看向高等精靈們，她們臉色鐵青。

「村長，事態嚴重。這是緊急狀況。」

「嗯？」

按照高等精靈們的說法，這個時節冒出這種蟲就是問題所在。

這個世界在冬天看見蝗蟲一樣很奇怪？呃，不是這個意思？

「這是一種叫做遊蕩噬蟲的魔蟲。」

牠們在冬季繁殖，到了春天便成群飛離。

會把行進方向上所有東西都啃食殆盡，是種非常危險的生物。

就類似蝗蟲嗎？

不，好像更嚴重。

因為牠們連不是食物的東西也會吃。

「雖然是第一次在這座森林看見遊蕩噬蟲……但是放著不管很危險。」

「比較有效的對策，就是在冬季期間找出遊蕩噬蟲的巢，並將它毀掉。」

高等精靈們提議回村求援。

死靈騎士們也表示儘快採取對策比較好。

需要的話可以召喚部下？

咦？你們做得到這種事？可以召喚骷髏士兵？雖然有時間限制？

哦～有點想看。

「村長，你在悠哉什麼呀。」

惹其中一名高等精靈生氣了。

呃，高等精靈們和死靈騎士都很慌張，或許我也該跟著慌張……

但是小黑、小雪和德萊姆倒是不怎麼慌。

德萊姆解釋了他們不慌張的理由。

「蟲王不會默不作聲。應該沒問題吧。」

小黑就像要替德萊姆補充說明似的，以頭部指了指後方森林的上頭。

我往那邊看去……

見到座布團的孩子們。大小夾雜，多達數百隻。

可能是注意到我的目光了吧，比較大的舉起一隻腳揮了揮。

啊，是枕頭。

於是牠們開始移動。

冬眠前還得出動，辛苦你們了。

什麼遊蕩噬蟲根本不存在。

讓人有這種感覺。

或許之前都是牠們私下處理掉的。感謝。

我們重泡一次溫泉，然後再度窩進暖桌。

小獅子叼來的遊蕩噬蟲……啊，已經吃掉啦？

不好吃？肉比較好？

好，那麼今晚就烤肉吧。哈哈哈。

「烤肉是無妨，但是留在這裡過夜不會惹人家生氣嗎？」

聽到德萊姆的提醒，我點點頭。

放心，我知道。

露、蒂雅、莉亞、哈克蓮與始祖大人同行所以不在村裡的此刻。

我的夜晚沒有自由。

不管怎麼說，在這之前至少有人幫忙管理。

能夠依靠的賽娜、芙勞和拉絲蒂都懷孕了，不能讓她們增加負擔。

剩下的安、芙蘿拉與芽……但是安光照顧阿爾弗雷德和蒂潔爾就忙不過來了。

芙蘿拉對這方面的事向來保持距離。

她似乎覺得研究魔法和發酵食品比較有趣。

至於芽……她本人就很積極。

其實我之所以會來溫泉地，也有部分原因在於夜晚的壓力開始影響白天，所以就逃過來了。

露她們能不能快點回來啊……

呃，回來也有回來的麻煩就是了。

我們在溫泉地烤完肉之後，回程盡可能放慢腳步。

日後我找芙勞商量，拜託賀莉管理這方面的事。

替她添麻煩了。

我叫梅露，是在「馬菈」工作的女孩。
爸爸是在夏沙多工作的港口員工，媽媽則在酒館幫忙。
雖然家境不算寬裕，但是年紀還小的我即使不工作也不至於沒飯吃。
因此，我之所以會在「馬菈」工作，不是為了錢。
當然，也不是為了吃。雖然東西的確好吃。

我看上的，是「馬菈」那種叫女侍服的工作服。
非常時髦。我一眼就喜歡上了。
如果我能自己縫製，就不用特地去店裡工作了……不過我的針線活爛到絕望。
所以，我決定在這裡工作。

然而，我失算了。
不是什麼人都能穿上那件女侍服。

女侍服僅限負責特定工作的人，其他人只有圍裙。

雖然圍裙也很可愛，但我的目標是女侍服。

我使盡渾身解數努力工作。要是父母知道我這麼勤快，一定會嚇到。

工作以外的部分也費了不少心思。

清潔感很重要。所以，每天上工前都要先進宿舍的澡堂。

來這裡工作以前都只用溼毛巾擦身體，所以第一次進澡堂時感受到很大的衝擊。

原來我那麼髒啊。

除了澡堂以外還有通勤。

雖然「馬菈」有為員工準備宿舍，不過我家在街上，所以是從家裡通勤。

畢竟住進宿舍還會讓父母擔心嘛。

只不過，我家在夏沙多南側，要到馬菈有點麻煩。

不，相當麻煩。

馬車開始營運，最高興的人大概就是我吧。

通勤變得非常非常輕鬆。

另外有費心的部分，就是頭髮。
為了告訴大家「我連頭髮都會注意喔」。
不過，工作中去碰頭髮會讓人不高興，所以我是在洗完澡時費心。
洗完澡後的保養，對於髮質來說很重要喔。
對了、對了，大家知道嗎？「馬菈」宿舍澡堂的更衣間，有一面很大的鏡子。
很厲害喔，全身都照得出來。
所以我才會開始注意頭髮。

不止髮質，長度也很重要。
頭髮我一直都是交給媽媽打理。
不是我愛撒嬌，大多數的家庭都是由媽媽負責理髮。
所以女兒的髮型……可以說呈現了母親的美感。
我媽媽的手藝和美感應該在平均之上。或許我多少有點偏袒就是了。

所以，既然有鏡子可用，瀏海就由我自己來。
其實我很想像貴族那樣找美容師……不過實在付不出錢。
我想自己剪應該也不壞。

要小心的就是別剪太短。頭髮雖然會長，但是在長回來之前會讓人很沮喪。

我起先希望其他員工也多注意頭髮，但是不久之後我便發現原因所在。

在「馬菈」工作的員工大半是街頭出身，沒有媽媽。

所以才不怎麼在意頭髮吧。

算了，反正和我無關。

當時我雖然這麼想，不過一起工作的人頭髮亂糟糟也是個問題。

所以，我找上「馬菈」的大頭寶菈小姐，告訴她有關員工頭髮的事。

於是寶菈小姐輕聲嘟噥了句：「這麼說來，差不多也到時間了呢。」

我還在想是什麼時間，美容師就已來到「馬菈」了。

而且多達二十人。

美容師們似乎每隔一段時間就會被找來「馬菈」。

目的是替員工理髮。

本來美容師除了理髮之外，還會幫忙保養肌膚、化妝和按摩等，但是這邊只有理髮。

不過，理髮時似乎會接受一定程度內的髮型要求。

儘管對媽媽不好意思，我還是清楚地表達了自己的期望。

現在的我很美。

啊啊，真棒。讓人想一直盯著鏡子。

而且，我周圍的員工們還是一頭亂髮。

為什麼不提出要求呢？美容師們閒著呀？

剪頭髮很恐怖？

原來如此、原來如此。

別多說了。所有人都去給美容師理髮！

寶菈小姐，理髮還是強制執行比較好喔！

日後。

不曉得是不是因為我提起這件事，「馬菈」訂出了關於員工頭髮的規定。

『頭髮不要亂到人家看不下去。』

……寶菈小姐，這樣太寬鬆了。

頭髮就該弄得美觀！

特別是穿上女侍服的人！

異世界悠閒農家

Farming life in another world.

Chapter,2

Presented by
Kinosuke Naito
Illustration by
Yasumo

〔第二章〕

貓與傳送門

01.夏沙多大屋頂　02.大路　03.街角　04.員工宿舍　05.馬可仕和寶菈的家
06.牧場　07.乘車處　08.宿舍　09.馬廄　10.馬車倉庫　11.已收購的區域

1 貓的伴侶

冬季。

我正想著始祖大人他們總算回來了，結果他留下莉亞和哈克蓮之後又出發了。

好像是工作已經結束，但是還有很多事需要善後。

露和蒂雅則是因為熟人在始祖大人的工作地點附近，所以去和人家見面。

說是如果運氣好，或許人家會願意到夏沙多大屋頂擔任學堂的教師。那就稍微期待一下吧。

不過，夏沙多大屋頂學堂的教師人選，我也拜託了文官少女組幫忙找。

會不會召集太多人啊？

這種錯誤似乎已經犯過不少次，所以我很擔心。

就算召集一堆人他們也會自顧自地做起研究所以不要緊？是這樣嗎？那我就放心了……報酬方面讓人有點擔心耶。

除了薪水會確實給付之外，預定還會按照教導的學生人數，將學費的一部分付給教師。

希望不會演變成大家搶學生的情況……

擔心也沒用啊。

等人湊到了再煩惱吧。

阿爾弗雷德正在練習魔法。

本來該由露指導，但是她不在，所以由莉亞代理。

「做不好。」

「沒關係。魔法的組合已經做得很漂亮了。再來剩下魔力操縱，不過這部分都是靠感覺，只能多多練習。」

「我會努力。」

…………

看見兒子的努力令人欣慰，我悄悄地問莉亞：

「阿爾弗雷德目前做的練習，大概到哪個程度啊？」

「還在基礎中的基礎。就類似提高魔法能力的訓練。」

「是這樣嗎？」

「嗯。畢竟他還只是小孩，要是隨便教他攻擊魔法，不小心失控就麻煩了。」

「啊，的確是。」

阿爾弗雷德雖然很乖巧，不過終究是個孩子。

要是他一時衝動就施展魔法也不好啊。

…………

「事情就是這樣，所以我希望等火一郎長大一點再教他魔法……」

我制止了想教火一郎魔法的萊美蓮。

嗯，果然還太早啊。

貓仰躺在暖桌上。

不久前牠還窩在暖桌裡，應該是天氣變熱的關係吧。

這倒是無妨。常有的事。

我所在意的，是貓的伴侶……也就是繁殖對象。

到目前為止，我沒在森林裡見過其他貓。

我原本以為牠會像小黑的子孫們一樣出外找伴，卻完全沒有這種感覺。

這樣下去行嗎？

我會不會管太多啦？

不，我絕對不是要讓怠惰的貓回想起身為雄性的使命。強迫不是好事。要讓牠自動自發地……沒辦法吧。

如果放著不管絕對沒辦法。牠鐵定會和酒史萊姆一起喝酒打混。

我此刻的心情，大概就和想撮合別人的人差不多吧。

雖然不是非結婚不可，但如果有機會結婚不是很好嗎？而且我想看小貓。

以前我就想過了，應該去別處要隻母貓來吧。

要從哪裡……找麥可先生吧。

不過，我有很多事正在麻煩他。只為了一隻貓就拜託他，實在不太好意思。

既然不曉得合不合貓的喜好，要不要請人家弄個十隻左右？

這樣的話，就會變成母貓多出來了。那麼公貓……感覺會形成無止盡的迴圈。

冷靜一點。

……公貓九隻，母貓十隻怎麼樣？

剩下的就讓牠們自己配對……會變成貓村啊。不行。

一點也不冷靜。

單純從別處弄來一隻母貓就好。

至於能不能配對成功，就看運氣了。

不好意思只為了一隻貓就找麥可先生，害得我往奇怪的方向思考。

除了麥可先生以外……比傑爾嗎？既然是貴族，很有可能會養貓。

問問看文官少女組吧。

「除非喜好很特別，否則不會養貓。」

「因為貓會傷到屋子，需要專用的建築。」

「狗比較受歡迎。」

「在港口城鎮到處都是，會特地去養的人應該很少……」

…………

換句話說，拜託比傑爾也沒辦法。

「不，他應該會想盡辦法弄到手喔。」

「或許會動用一些強硬的手段。」

還是算了。

我並不希望人家做到這種地步。

只是想找個有養貓的熟識貴族要隻小母貓而已。

嗯……

看來自己去抓隻野貓可能比較快。

只要去夏沙多市鎮靠海的那一側，就能找到貓。

也對。我下定決心，窩回暖桌。

貓從暖桌上回到暖桌裡。

位置雖然好，但是你待在那邊我沒辦法把腳伸直。往旁邊一點。別抵抗。對我溫柔一點比較好喔。

畢竟我要去抓你的伴侶回來嘛。

日後。

露和蒂雅回來時，懷裡有隻雪白的貓。

一隻普通的貓……看來不是。

牠額前埋著一顆閃亮的寶石。不是某人惡作劇，而是與生俱來。似乎是一種叫寶石貓的魔獸。

在這類魔獸裡，白色的寶石貓特別貴重，甚至有人將牠當成神聖的魔貓祭拜。哦～

然後呢……是母的。

看來不需要我去抓了。

希望牠和貓好好相處。

冬季期間，不時能看見貓逃避寶石貓的模樣。

寶石貓比較積極啊？

……加油吧。

咦，怪了？寶石貓是不是會用魔法？偶爾會有些難以置信的動作耶？

「因為是寶石貓。」

「牠擅長身體強化系喔。還有治療魔法之類的。」

「哦～」

就算是這樣的寶石貓，似乎也贏不過小黑的子孫和座布團的孩子們。

演變成勝負取決於貓能不能逃到小黑子孫或座布團孩子們的所在處了。

……啊～這回似乎逮到了。

對方叼住貓的脖子，把牠拖著走。

貓那種認命的眼神……

這種時候就輪到我伸出援手……被寶石貓瞪了。

…………

對人家的戀愛說三道四可不好呢。嗯。

2 一家團聚

寶石貓雖然有點怪，依舊是貓。

牠經常窩在我房間的暖桌裡，天氣熱時則會待在暖桌上乘涼。

雖然沒有到會仰躺的程度，不過應該算很熟了。

還會在我腿上睡覺。挺可愛的嘛。

然而，對於新來的而言，這個位置似乎太奢侈，小黑溫柔地叼起我腿上的寶石貓送到別處。

之後，小黑把下頜擱在我的腿上。

好好好，和你相處也很久了嘛～

我知道。小雪我等等也會摸妳，別把小黑趕走。

是是是。露也有份，不要排隊。

哦？阿爾弗雷德也來啦。哈哈哈。

阿爾弗雷德今天做了些什麼呀？

向達尬和格魯夫學劍嗎？這樣啊。

你應該很快就能比我……比爸爸更強吧。加油。

還有，要叫他們達尬先生與格魯夫先生。你直呼人家的名字可不好喔。

烏爾莎也這麼喊？知道了，我會罵罵她。啊，不，還是算了。

要是罵她就變成你打小報告了嘛。下次撞見時再提醒她吧。

嗯？蒂雅和蒂潔爾也來啦。

歡迎加入喔。都已經這樣了，別在意啦。

安也帶特萊因過來吧。

之前就說過，特萊因也是我的兒子，是阿爾弗雷德的弟弟。

如果本人希望也就罷了，不要勉強他當隨從。

這點我也告訴過莉亞她們，但是沒什麼成果。

我不想讓孩子們之間有差距啊。

或許這個世界有自己的慣例，各種族有自己的習俗。儘管應該入境隨俗，但是我希望大家能夠理解我對待孩子的方式。

改天再和大家討論一下吧。

既然有這麼多人，要不要玩撲克牌？

這樣的話，就會想把其他人也找來。

火一郎……正在睡午覺。吵醒他也不好。

烏爾莎呢？和古拉兒在外面跑來跑去？沒溜進森林吧？

喔，有哈克蓮跟著啊。

…………

我怎麼想都覺得她們會一起進森林。

算了，就算是這樣也沒關係吧。反正好像還有小黑的子孫們在。

至於莉亞妳們……還「之後再來」呢，話不是這麼說的。

唉呀，囉嗦。帶來就對了。

很好、很好。

嗯？

阿爾弗雷德和蒂潔爾比較喜歡歌牌嗎？

特萊因和利留斯也是啊？

這是無妨，但是露、蒂雅和安她們可不會手下留情喔……？我知道了，那就玩歌牌吧。

這麼一來……分成大人和小孩似乎不太好呢。

那麼，就搭檔參加吧。母子組隊。

就像露和阿爾弗雷德一隊、蒂雅和蒂潔爾一隊這樣。

至於我……好，就貓了。

唉呀，別縮在角落，過來吧。

和我一隊……啊，你要和寶石貓一隊啊。

嗯，不要露出那種滿懷歉意的表情。

沒關係。我懂你的心情。

彼此加油吧。

那麼……小黑要和小雪一隊嘛。

我就拜託房間上頭蜘蛛通道裡拿著保溫石的座布團孩子吧。

大家都舉起前腳自告奮勇雖然讓我很高興，但是這樣有點尷尬。

結果我負責讀牌。

問誰贏就太不識趣了。我們是一家人和樂地玩在一起。

由於冬天很少打獵，所以有新鮮的肉類實在是幫了大忙。

話是這麼說……

「哈克蓮，帶烏爾莎和古拉兒到森林裡不太好吧？」

「不是森林，是迷宮。」

「更糟！」

「咦～」

「咦什麼咦啊。所以呢，是南邊的迷宮嗎？還是北邊的？雖然是沒見過的魔獸……不過還是要去道個歉。」

「啊，這倒是不需要。因為是東方的迷宮。」

「東方？」

「對。好像是地獄狼牠們找到的喔。」

「沒聽說過耶。」

「因為最先聽說的是我們嘛。」

「妳啊……」

「我只是去確認地點，還有清理周邊的魔物而已喔。」

「沒進去嗎？」

「……只進去一下下而已。真的只有一下下。」

「所以呢？這麼多獵物是？」

「哈哈哈……我想說感覺有危險的時候再回頭嘛。」

……身為龍的哈克蓮曾經感覺到危險嗎？

「唉。烏爾莎和古拉兒沒事就好，但是以後不可以這樣喔。」

「好～」

烏爾莎和古拉兒已經累到睡著了。要教訓等她們醒來再說吧。

「那麼，下一個。德萊姆。」

「我、我是被姊姊威脅才不得已……我在反省了。」

龍有哈克蓮、德萊姆和古拉兒嗎……算了，應該很安全就是了。

「達尬、格魯夫。」

「因為覺得很有趣……忍不住就……」

「我也是。」

兩人則是遍體鱗傷。

路過的芙蘿拉幫忙施放治療魔法所以沒事了，本來好像還有骨折。

拜託別亂來。

還有，小黑的子孫們也跟著。

發現東方迷宮之後，牠們似乎為了報告而花上好幾天衝回村裡，卻在抵達的瞬間被哈克蓮逮到。

接著，牠們就坐在哈克蓮背上回到東方迷宮，一直陪到最後。

好，你們沒有錯。我就摸摸你們吧。

「咦~牠們一起進了迷宮耶。這是差別待遇吧？」

「不對，牠們是受害者。」

不過，在我摸牠們的時候，有幾隻小黑的子孫沒過來。

我知道，你們明明應該盯著烏爾莎和古拉兒阻止她們進去，卻跟著去享受迷宮了對吧？

很誠實地沒過來讓我摸，這樣很好。不過，今天要處罰你們，沒得摸。

…………

拜託別那麼沮喪。

尾巴都垂下來了……啊啊……不，這種時候要嚴格一點。

下次要探索東方迷宮時，就可以光明正大地去了。

好，反省完畢就該吃飯啦。

現在是深夜。我家的用餐時間早就過了。

你們確保的新鮮肉類……放個幾天會比較好吃吧。雖然只能找現成的湊合一下，不過我就幫你們做點吃的吧。

嗯？酒史萊姆啊。怎麼啦？我還沒動手喔。

喔，聖女想要消夜嗎？最近你都和她待在一起嘛。

知道了，我幫你們準備。還要酒對吧。

我想你應該曉得，別讓聖女喝酒喔。

一滴都不給？全都自己喝掉？

不必挺起你那不知道在哪裡的胸膛啦。

聖女就給她果汁。

3 東方迷宮調查隊與留守組

始祖大人似乎很忙，聖女還留在村裡。

據說能寄放聖女的地方似乎很多，不過考量到安全問題後，「大樹村」是第一選擇。

他還交代，不要過度尊敬聖女。

畢竟我不知道聖女有多了不起。尊敬她比較好嗎？

……事到如今提這個好像太晚了。

如果人家抱怨就尊敬一下吧。不，聽聽她抱怨什麼是不是比較好？

「是不是對妳尊敬一點比較好？」

「你曉得『尊敬』的意思嗎？」

我雖然知道尊敬是什麼意思，不過她剛到村子時這麼說過：

「我是聖女喔。雖然這個村子看起來很窮，不過特別允許你們向我表達敬意。」

結果當場遭到芙修用關節技伺候了呢。

為她的成長感到高興吧。

冬天也有各式各樣的工作。

我在宅邸的工房裡面對榨汁機。

它的構造單純所以很堅固，不過需要做些細微的調整。

「要讓我們來嗎？」

雖然山精靈們這麼說，不過她們還有搭載彈簧的馬車車體要做。

既然如此就不要搶我的工作……不對。

「妳們只是想做些製作車體以外的事對吧？」

「嘿嘿嘿。」

畢竟訂單來個不停嘛。

「好吧，這臺榨汁機的調整由我來……製作新榨汁機的事情就麻煩妳們了。不過，別拖到製作車體的進度喔。」

「包在我們身上！」

不可思議的是，增加其他工作反而會讓製作車體的速度穩定下來呢。

或許是利用其他工作來轉換心情。

「這種形狀的彈簧可以發包嗎？好林村應該做得出來！」

「然後，這裡需要稍微特別一點的鎖釦，我想給些詳細的指示，所以要找加特先生……」

「村長，差不多這種尺寸的的木材，麻煩再來十塊。」

一個月後完成的新型榨汁機，相當受到常用機器的獸人族女孩們歡迎。

…………

我調整的榨汁機派不上用場了嗎？

「不用擔心。這臺我們也會珍惜使用。」

「畢竟熟悉的榨汁機用起來比較順手嘛。」

妳們……我不禁流下淚來。

不要勉強。放在角落生灰塵也無妨。別讓我看見就好。

由於發現東方有迷宮，所以大家討論起是否該派出調查隊。

東方迷宮裡或許也有像半人蛇族和巨人族那樣能夠和村子交流的種族。

雖然就哈克蓮看來，似乎沒有……不過問題在於，該什麼時候派出調查隊。

冬天去如何？春天再出發不就好了嗎？春天有很多事要忙，要去就趁現在？慢著、慢著，不要慌。

「村長，你是不是因為想一起去，所以才拖延？」

「畢竟芙勞小姐快生了，現在不能離開村子嘛。」

「所以才說春天……」

身上武器已經充分保養過的高等精靈們駁回我的意見。

「我們先過去確保安全，村長之後再來。」

達尬啊，因為想早點洗刷汙名就排擠我是怎樣？

「說排擠……總不能讓村長去個不曉得是否安全的地方呀。」

討論還在持續，但是看樣子不管怎麼樣我都沒辦法跟去。

東方迷宮調查隊的成員。

高等精靈包含莉亞在內十名。

蜥蜴人包含達尬在內五名。

獸人族派出格魯夫。

地獄狼二十隻。

負責聯絡的哈比族五名。

哈克蓮協助移動。

調查隊隊長交由天使族的琪亞比特擔任。

「咦？為什麼是我？」

「這是為了避免大家做得太過火。拜託妳了。」

畢竟一旦讓哈克蓮擔任代表，大概會沒辦法剎車。一切拜託了。

還有，趁著我擋住烏爾莎、古拉兒、阿爾弗雷德和獸人族男孩他們的時候快點出發！

德萊姆、賀莉，過來幫忙——！

探索迷宮似乎伴隨著危險。

若不累積經驗到某種程度，很快就會受傷……最糟糕的情況下似乎還會致命。

可是，我認為每個人都有第一次！這種人該怎麼辦！

…………

似乎會和老手同行，藉此學習種種經驗。原來如此。

怪了？那不就是我學習的機會嗎？為什麼大家都把目光別開啊～？

呵呵呵。

既然不能去探索迷宮，那我自己試著建造個迷宮怎麼樣？

反正自己建造的迷宮很安全。

只要在那裡多多練習，或許就能練到有本事探索迷宮。

我覺得是個好主意。

需要找個顧問……誰看起來比較熟悉迷宮啊？

露和蒂雅舉手，然後還有德萊姆。

雖然很感激，但是德萊姆你打算在這裡待到拉絲蒂生產嗎？

會和夫人葛菈法倫輪流回去所以沒關係？這樣啊。

雖然總覺得你們兩個好像一直都待在村裡……算了，既然當事者說沒問題，應該就沒問題吧。

沒看見古吉的身影，或許他正忙著管理巢穴。

改天為他做些甜點吧。

把話題拉回來。

「假設要建造迷宮，地點……我想在村子南邊弄個入口，就這麼往南拓展。」

要是建在村子底下搞出崩塌，那可就慘了。

「要弄多深？」

露興奮地開始設計迷宮。

「要是弄得太深就麻煩了。會有水冒出來。」

「咦？別挖到水脈就沒事了吧？」

「是這樣嗎？只要挖到某個程度就會有水啊……目前為止沒有例外。」

不止「大樹村」，一號村、二號村和三號村也是這樣……

「這我是曉得……不過你之前沒做過水脈調查嗎？」

我的運氣似乎相當好。

啊，不，說不定是多虧了萬能農具。感謝。

迷宮分為三層。

第一層是在簡單迷宮裡設置障礙與陷阱的練習區。

第二層是正統區。

第三層則是以龍巢為標準的區域。

…………

規模會不會太大？這些都要我用人力挖掘對吧？雖然我還是會努力啦。

首先，從入口斜向挖洞，挖到第一層的深度。

我負責挖，蒂雅的魔像負責將土運到外面。

露用魔法解決迷宮內的通風與照明問題。

一旁，山精靈們邊笑邊製作某種機關。

無法攻略的機關可不行喔～

格魯夫的兒子幫忙在迷宮出入口附近鋪了石板。謝謝。

不過，這風格會不會感覺太邪惡了？迷宮就該讓人害怕？或許是這樣沒錯。

那麼，這邊的牆就弄得恐怖一點……

「村長，設計之後再弄。現在該先弄出形狀。」

是，我會努力。

我就這樣開始建造起迷宮……但是不可能那麼簡單就完成。因為就算是冬季照樣有工作。

我利用空檔一點一點地……德萊姆，那個可疑的魔道具是什麼？哈比族，別在那裡築巢。山精靈，我說過那個陷阱不行了吧？對沒見過的人來說太難了。

還有烏爾莎、古拉兒，迷宮還沒有完成。很危險。

就在我忙著這些的時候，芙勞要生了。

4 芙勞生產

雖然可能每個人意見不同，然而丈夫實在沒辦法替即將生產的妻子做什麼。

只能祈禱母子均安。

儘管能在同一個房間裡握住妻子的手，或是替她打氣也說不定……

「男性止步。」

人家這麼宣告，我連靠近芙勞的房間都辦不到。

先前的生產都是這樣，事到如今我也不會慌張。

因為惡魔族助產師們、賀莉和先前生產時待在旁邊的高等精靈們都在努力。

心理準備已經做好，剩下的只有等待。雖然只剩等待……

「喔喔喔、喔喔喔，該、該、該怎麼辦……啊啊，沒問題嗎，沒問題吧，應該沒問題才對。」

眼前有人慌慌張張，讓我覺得自己好像也得跟著慌張才行。

在我眼前慌慌張張的人是比傑爾。

大概是察覺芙勞要生了吧，他在我們聯絡之前已經抵達待命，然後晃來晃去。

以一個擔心女兒的父親來說，這種反應或許很正常。

我……大概是太習慣了吧。

不止這個世界，生產向來攸關性命。

可是……這個村子還沒出現過死產。不止我的孩子，二號村的半人牛與三號村的半人馬，全都平安地產下新生兒。

蜥蜴人的蛋也都順利孵化。或許就是因為這樣，讓我有些呆滯。

考慮到萬一……不，別往壞處想。

芙勞平安，孩子也平安。生產會順利。很好。

總而言之，先轉移眼前比傑爾的注意力吧。

不過，芙勞老早就警告過我。

不可以隨便談論孩子的未來。

萬一比傑爾失控，可能會在孩子出生前就決定好結婚對象。

再怎麼說也不至於無視身為父母的我和芙勞就決定好結婚對象吧？

似乎會。所謂要談談孩子的未來，似乎就是想委婉地商量這件事。

換句話說……

「只要孩子長大以後是一個正直的人就夠了。」

就算單純地這麼說，也會轉換成下面這樣：

「我在找優秀的教師，有沒有人選？」

我原本還想怎麼可能有這種事，不過文官少女組也警告我就是這樣。

這似乎是有話不直說的貴族語，也就是貴族的說話方式。

雖然比傑爾平常不會這樣解讀我說的話，但是在女兒懷孕而焦慮的此刻，就有可能會這樣。

要是輕率發言，事情就會演變成：「你不是要我去找訂婚對象嗎？（雖然沒說，但是你的言行有這種感覺吧！）」導致日後發生衝突。

所以禁止談論孩子的話題。老實說還真嚴苛。

宗教類的話題如何？

雖然有點晚，不過我可以雕個神像祈求安產……

其實，這個世界負責安產的神明很多。

原因在於科林教。

原本安產是由大地神負責，但是科林教抑制了各宗派的傳教活動，導致各宗派信仰的神明變得多才多藝。

簡單來說，就是提供比較多人想要的好處，藉此增加信徒。

「我們的神會保佑農業喔。安產？當然也會保佑安產喔。你想想，農業和收成有關對吧？所以安產也行。其他還有很多喔。」

因此，大多數的神都變成信了會帶來安產、勝利、合格、健康和長壽等恩惠。

在一個確實有神的世界這樣行嗎？雖然我如此懷疑，不過似乎沒關係。

就神明的角度來說，人們對自己的信仰加深、在人們心目中變得多才多藝……值得開心？

總而言之，就是因為這樣，所以每個人祈求安產的神明不見得相同。

例如我就是向創造神祈禱。

芙勞雖然表示和我一樣就好，但比傑爾又是如何？

問問看。

「魔神。」

…………

我當下吃了一驚。不過仔細一想，魔神就是掌管魔法的神明，也是魔族的神。原來如此。

我詢問比傑爾魔神的外觀。

不止魔神，神明的外表會因人而異。

信徒的種族有很大的影響。

好比說，精靈族想像中的魔神長著耳朵；矮人族想像中的魔神個子不高。

因此半人馬族想像中的魔神，應該是半人馬型的吧。

之前我曾經為半人牛雕過神像，當時他們之所以對造型沒什麼堅持，好像也是受到這點影響。

重點似乎在於信仰神明的心，而不是神明長什麼樣子。

不過，愈有名的神，似乎就愈容易有些固定的特徵。

例如是女性、有十隻手、頭髮長到及地等。

魔神的特徵則是拿著手杖。

我用「萬能農具」將大約三十公分的木材雕成比傑爾想像中的魔神。

雕刻前想好模樣，使用「萬能農具」時心無雜念。這就是雕刻神像的訣竅。

回過神時，魔神已經完成…………為什麼我會雕成貓？心有雜念嗎？

我把它擺到旁邊，重新來過。再一次。

…………………

好，感覺雕得不錯。比傑爾，怎麼樣？

「這……好厲害。完美地呈現出魔神的形象。」

「就對這尊神像祈求芙勞安產吧。」

「好。不過，呃……」

「怎麼啦？」

「旁邊那尊貓像更有神聖的感覺耶？」

「……那是錯覺。」

我和比傑爾對魔神像祈求芙勞安產。

貓像………………………………………………………該怎麼辦？

就在我煩惱時，酒史萊姆拿走了。

要當成玩具……他不是這種史萊姆吧？

既然如此，他打算怎麼做？好像拿去聖女那邊了。

可是，聖女不是很怕貓嗎？要用雕像讓她習慣嗎？

既然能有效利用就無妨吧。

…………

聖女來求我做個祭壇。

說要祭拜那尊貓像……

既然如此，要放到大樹那裡的創造神旁邊嗎？

那邊不行？知道了、知道了。那就弄個小祭壇嘍。

…………

山精靈集合。

現在要設計一個能帶著走的小祭壇。

平常是盒狀，需要時可以變型為祭壇。

怎麼樣？啊，已經有這種祭壇了？真遺憾。

不過，還是努力做出來吧。

與其坐等芙勞生產，不如我也來轉移注意力……

可是已經過了不少時間，沒問題嗎？不是已經要生了嗎？我有點不安。

不不不，要往前看。生產會很順利。連我都不信怎麼行。

就在我這麼想的時候，傳來宏亮的嬰兒哭聲。

在魔神像前祈禱的比傑爾慌慌張張地跑到芙勞房門前等待。

比傑爾，待在那裡要是門開了會撞到……你看，撞到了吧。

「是個女孩子。」

一名惡魔族助產師走出來，向我和比傑爾報告。

這樣啊，女孩子嗎。

可能因為是第一胎吧，似乎有點辛苦；不過芙勞平安無事。太好了。

第一胎。這麼說來的確是呢。

雖說之前露和蒂雅也是第一胎，卻沒什麼辛苦的地方……呼。總而言之，生產順利真是太好了。

祭壇製作暫停。

這一天開起了宴會。

比傑爾喝得比平常還多，結果醉倒了。

大概也是因為擔心生產而累積不少疲勞吧。

…………

仔細一想，比傑爾成了我的岳父啊。

德斯、德萊姆和比傑爾。

初次見面時完全沒想過。

這麼說來，我還沒見過比傑爾的太太呢。

似乎是忙著經營領地，人應該還健在吧。

改天和芙勞一起去看看她應該也不錯。

始祖大人是從宴會中途開始參加。

他和聖女一起賜予盛大的祝福。

芙勞的女兒叫做芙拉西亞。

正式的名字是芙拉西亞貝兒。

想必長大會是個美人。

唉呀，蒂潔爾，妳長大也會是個美人喔。這孩子是妳的妹妹。要好好相處。

阿爾弗雷德怎麼啦？他要在宴會上演奏音樂所以去那邊了？要演奏樂曲慶祝妹妹出生……我有個好兒子啊。

那麼，就過去聽吧。

抱歉啦，芙拉西亞要待在安靜的房間裡休息。賀莉，芙拉西亞就拜託妳了。

「包在我身上，老爺。我會順便照顧睡著的比傑爾少爺。」

「那就拜託了……可是沒問題嗎？」

「是的。如果有什麼萬一，我會以芙拉西亞小姐為優先。」

真是可靠。

雖然可靠，不過比傑爾很可憐；所以要是有個萬一，請妳老實地呼叫援軍。

5 東方迷宮調查隊歸來

魔王、優莉、藍登、葛拉茲和荷送來慶祝芙拉西亞出生的賀禮。

按照魔王國的習俗，除非關係非常親近，否則當事人不會親自登門送禮。

因為在孩子剛出生人家正忙的時候造訪會給人添麻煩。

算是個不錯的習俗吧。

雖然比傑爾似乎想炫耀一下孫女……

希望他可以等到比較沒那麼忙時再說。

養育芙拉西亞的工作以賀莉為中心，和鬼人族女僕一同負責。

另外作為見習，還有部分高等精靈與文官少女組幫忙。

我雖然也想做些什麼，但是抵抗不了「除了帶孩子之外還有別的事要做吧？」的壓力。

她們偶爾會讓我抱抱孩子。該知足了。

重拾擱下的工作。

首先，製作聖女要求的祭壇。

順序很怪？

一點也不怪。我只是從看起來能早點完工的東西做起而已。

我和山精靈們合作，花了三天完成。

一個容易攜帶的長方形盒子，攤開就會成為祭壇。

基礎結構一天就搞定，不過花了兩天才把它修飾得像祭壇。完成度相當不錯。

聖女將貓像擺到祭壇上開始祈禱。

哦哦！有種神聖的氣氛。

沒敗給這股氣氛偷喝供酒的酒史萊姆，令人不禁莞爾。

重啟停擺的迷宮建造工作。

復工後有個令我驚訝的地方，那就是迷宮內的氣溫。

雖然之前有點冷，現在則是剛剛好。

似乎是多虧了德萊姆設置的魔道具。原來那是空調啊？

總而言之，氣溫保持穩定實在是求之不得。

我將迷宮第一層拓寬，試著闢了幾塊田種豆芽和蘆筍。

用「萬能農具」栽種豆芽，只要幾天就能收成。

脆脆的很好吃。應該早點種的。

蘆筍種在陰暗處，就成了白蘆筍。白蘆筍很受孩子們歡迎。

大人們好像比較喜歡普通的蘆筍；我則是兩種都吃得很開心。

只不過，我知道的蘆筍料理不多。

頂多就是蘆筍培根捲？剩下的就是加進沙拉吧。

不過，這樣也很夠了。

就在迷宮第一層接近完成，第二層準備開工的時候，前往東方迷宮的調查隊回來了。

「辛苦了。」

當初預定由哈比族傳遞調查隊的每日回報。

但是，以哈比族的速度回村需要數天，這段期間還得不吃不喝地飛，知道這點以後就打住了。

哈比族似乎幾天不吃也沒關係，但是辛苦傳來的每日回報卻是一句「沒問題」，實在太可憐了。

所以，改為碰上緊急狀況才讓哈比族聯絡。

直到今天都沒來，表示應該沒人受傷吧。我暫且鬆了口氣。

順帶一提，哈比族好像沒進東方迷宮，而是負責在入口周邊戒備。

還與小黑的子孫們一起清理了不少魔物。

總而言之，外面很冷。先回收調查隊的行李讓大家進屋，洗個澡清掉身上的髒汙。

洗完澡之後，調查隊報告會兼宴會就開始了。

「慶祝大家平安歸來。」

我只負責開頭的招呼。

據代表琪亞比特所言，東方迷宮裡似乎有能夠對話的種族。

哥洛克族。

全身都由岩石構成的種族，某些地方稱他們為石頭人。

哥洛克族的身體很硬，而且就算碎掉，似乎還是會隨時間再生。

因此，他們的防禦力很高，但是攻擊力幾乎為零。

我原本還懷疑這樣子要怎麼在迷宮裡生活，結果似乎是擬態成岩石隱藏身形，吃些苔蘚之類的東西維生。

這麼說有點失禮，不過感覺智力低落……然而實際上似乎並非如此。

他們具備高度智慧，還有創作詩的才華。

…………

「詩？」

「就是詩。」

「……呃，寫在岩石或什麼東西上頭嗎？」

「不，好像是全部背起來。」

「這、這樣啊……」

是這個種族的興趣嗎？

「我認為應該和哥洛克族友好地相處。」

「沒帶他們來嗎？」

「呃………」

「照實說。」

「他們都遍體鱗傷……沒人撐得住長途跋涉……」

「遍體鱗傷的原因是？」

「我們。我們以為是擬態成岩石接近的敵人……」

「從實招來很好。之後送點東西向他們賠罪……他們比較喜歡什麼？」

「對方表示，希望讓他們就這樣平靜地生活。」

「我知道了。東方迷宮裡有什麼值得一提的東西嗎？」

「這………」

好像有。

琪亞比特給了個信號，參加調查隊的達尬隨即搬來一塊需要雙手環抱的岩石。

一塊相當白的岩石。

「村長，您有辦法處理這塊岩石嗎？」

「嗯？問我有沒有辦法處理……像是打碎嗎？」

「是的。」

「那麼……」

就用「萬能農具」的鋤頭……這樣會變肥料啊。

用鑿子吧。

我削削削。

嗯，愈做愈順手。這回就雕成寶石貓吧。

…………完成。

嗯，以即興作品來說相當不錯。

「所以呢，這玩意兒怎麼樣了？」

「……這是虹白銀礦塊耶。」

「虹白銀？」

「會用來製作武器和防具……呃……不，沒什麼。不愧是村長。」

琪亞比特垂頭喪氣。

似乎是跟人家打賭我拿這東西有沒有辦法。

「這種岩石有那麼厲害嗎？」

「它以非常堅硬聞名，據說是種技術不夠純熟就無法加工的貴重礦物。只要是以鍛冶師為目標的人，都夢想有一天能處理這種礦物。」

告訴我這件事的，就是我背後那位村裡的鍛冶師加特。

呃…………換句話說……

「就算只是碎屑也沒關係，還請務必交給我處理。」

「呃，就算連我雕出來的寶石貓一起也沒……」

啊，不行。

正牌的寶石貓擋在雕像前，擺出堅守的架勢。

嗯，我知道了。

就好好珍惜雕出來的寶石貓吧。

「把削下來的碎屑給你是無妨……達尬，虹白銀只有這塊嗎？」

「我們另外還帶了幾塊回來。東方迷宮的深處似乎有礦脈。」

「似乎是這樣。」

加特高興地跳了起來。

加工需要純熟的技術對吧？這部分沒問題嗎？

好像沒問題。

啊，露過來了。

虹白銀也能當成魔道具的材料啊？我知道了。請用。

我原本想把虹白銀雕成的寶石貓像擺在宅邸大廳的屋梁上，但是考慮到掉下來會很危險，所以改為放在地板上。

雖然是個不仔細看就難以辨認的位置，不過應該還滿漂亮的。

偶爾貓經過時看見那尊像會嚇一跳。

…………

貓很可憐，平常還是用布蓋住吧。

「話說回來，村長，可以問個問題嗎？」

「格魯夫啊，怎麼啦？」

「我去探索迷宮回來之後，發現村裡有個迷宮耶？」

「那個還在製作中。」

「我以前想過一些迷宮機關，您願意聽嗎？」

「……說來聽聽吧。」

男生都喜歡迷宮。

6 在迷宮玩

我們吃了好一陣子在迷宮裡種的豆芽和蘆筍所做的料理。

畢竟考慮到保存問題，不快點吃掉不行嘛。
或許該怪我得意忘形種太多了。稍微反省。
不過，我覺得加了豆芽和蘆筍的沙拉很好吃。
啊，用炒的也不錯呢。

「村長，第一層那個隱藏房間是什麼呀？」
危機到來。
我偷偷在迷宮裡設計的獨處房間被發現了。
呃，也不是獨處。小黑和貓會來這裡。
這是為了男人存在的房間。可以當成心靈避風港的房間。
它被發現了。完蛋了……不，還有救！
「隱藏房間？那是保存糧食用的房間喔。」
這不是謊話。我把它設計成也能用來保存糧食！
「保存糧食用的房間需要床嗎？」
唔！追求舒適環境卻造成了反效果……
「我、我想讓那裡兼午睡房啦。」
「這樣啊。雖然實在不建議在有食物的地方睡覺……那麼，就在裡面做個隔間吧。還有，請把門弄得更顯眼一點。」

「……說、說得也是。就修改一下吧。」

「麻煩你了。」

……安全上壘。撐過去了。

雖然被發現是個失敗，卻還不算致命傷。

那個房間雖然很重要，不過最重要的房間在第三層。

「啊，村長。第三層那個房間的門也不夠明顯，拜託你改一下喔。」

…………

第二層是巨大迷陣。

由於第二層已經差不多完工了，所以我試著帶孩子們來玩。

規則很簡單，大家同時出發，先抵達終點的獲勝。

當然，危險的陷阱和機關封印不用。

不過就算是這樣，讓小孩單獨闖還是很危險，所以我要他們和大人搭檔。

參加者

烏爾莎＋哈克蓮組

古拉兒＋格魯夫組

阿爾弗雷德＋露組

蒂潔爾＋蒂雅組

加特的女兒娜特＋加特組

獸人族的男孩們分別和高等精靈組隊。

還有蜥蜴人的小孩與蜥蜴人一起參加。

我把地圖、食物和水發給大人們。

另外，我也拜託小黑的子孫們帶著地圖、食物和水在迷宮裡巡邏。這麼一來，就算有什麼萬一應該也沒問題吧。

我在第二層的入口打信號，表示比賽開始。

主角畢竟是小孩，所以我交代大人們只能作陪……但是各組的性格一覽無遺。

烏爾莎和古拉兒勇往直前；阿爾弗雷德一邊商量一邊前進；蒂潔爾和娜特則是仰賴同行的大人。

嗯，反正也沒有特別整人的陷阱，只要不斷移動總會抵達終點吧。

和古拉兒組隊的格魯夫發出慘叫。他追不上古拉兒。

果然不該找格魯夫，應該讓德萊姆和古拉兒一隊嗎？但是，我已經拜託德萊姆去做別的事了。

萊美蓮不肯離開火一郎，拉絲蒂懷孕中。

嗯，請格魯夫加油吧。

我利用起點旁邊的暗門移動到終點。

要是不準備這種捷徑會很麻煩嘛。

在終點等待大約一小時後，有人抵達了。

第一名是娜特和加特組。

「太棒了！是終點！」

「呼……好累。」

加特背著娜特。是不是距離太長啦？

不久之後，獸人族男孩和蜥蜴人趕到。他們倒是很有精神。

途中好像吃了些大人們帶在路上的水和食物。

這倒是無妨，畢竟不是訓練嘛。能用的東西就要利用。

之後陸續有人抵達，但是烏爾莎、古拉兒、阿爾弗雷德和蒂潔爾一直到現在還沒來。

沒問題吧？

就在我有些不安時，蒂潔爾到達終點。

「我本來當成散步的……」

蒂潔爾很有活力，但是蒂雅顯得有些疲倦。

為了公平起見我叮嚀她不要飛，是因為這樣嗎？

「蒂潔爾一下往那裡、一下往這裡……要是我制止就違反這次的主旨了嘛。」

辛苦了。

接著又等了大約三十分鐘，但烏爾莎、古拉兒和阿爾弗雷德還是沒來。

…………

「時間到了吧。」

我拜託身旁的小黑子孫帶路，去接烏爾莎、古拉兒和阿爾弗雷德。

與其說三人所在的地方如我所料，不如說符合我的期待。

如果只是單純的迷陣會形成體力比賽，於是我安排了障礙。

從溫泉地叫來的死靈騎士、烏爾莎的土人偶，還有德萊姆。

雖說是障礙，不過大多只是擋路，只要回答問題或是解開謎語就可以通過。

只有德萊姆，打倒他也算通過。

烏爾莎和古拉兒被謎語卡住而沒辦法前進。

作陪的哈克蓮和格魯夫應該會給提示，大概是她們賭氣想自己解才變成這樣吧。

雖然阿爾弗雷德已經解開了，但他似乎是在等烏爾莎和古拉兒。

溫柔體貼是很好……不過這可是遊戲喔。

我希望他能以自己的勝利為目標。

回收三人或說三組後，活動結束。

晚餐成了邊聽感想邊用餐的小宴會。

順帶一提，德萊姆敗給烏爾莎和古拉兒的搭檔了。

「因為姊姊在旁邊瞪我……嗚嗚！」

抱歉。

隔天。

只有小孩享受迷陣行嗎？當然不。

但是，大人和小孩一起會有危險，所以要分開。

孩子們享受完迷陣後，山精靈趕工進行大幅修改。

機關的封印解除，還設置了會攻擊的障礙物。

「踩到死亡陷阱的人出局。請乖乖遵照指示回到起點。要重新開始也無妨，不過麻煩每人最多試兩次就好。」

文官少女組負責主持。

「破壞牆壁視為犯規。還有，飛行也禁止，請用走的。戰鬥中則允許飛行。」

畢竟會飛的人可以避開落穴和地板上的開關，這樣不公平嘛。

「到達終點需要鑰匙，鑰匙共有三把。換句話說，有三人抵達終點時，比賽就結束。那麼，請好好努力！」

我也參加。

趁機享受迷陣……的機會都沒有就踩到死亡陷阱回起點了。

「那個陷阱會不會太過分了？」

雖然玩了一整天，但是沒有人能抵達終點。

攻略方的意見：

「贏不了死靈騎士啊。」

「哈克蓮小姐以龍的模樣坐鎮，不就等於此路不通嗎？」

「有開關類陷阱的迷陣，應該沒辦法團體攻略吧。就算我躲開了，後面的人還是有可能會踩到，太嚴苛了。」

防禦方的意見：

「沒想到利用地形防守的效果這麼好。」

「可以無雙真開心。」

「還有沒啟動的陷阱。誰可以爬一下那面牆？保證好玩喔。」

大家都很享受迷陣。

這天晚上也舉行了宴會。

7 風雪天

早晨。

下雪了。這是……暴風雪啊。

牛、馬、山羊和雞等都已經躲進小屋，應該很安全吧。

我們出不了門，所以在室內安靜地作業。

…………

烏爾莎、古拉兒，別在室內打鬧。

哈克蓮，不要和她們一起玩。真是的。

如果無聊就找點工作……烏爾莎和古拉兒溜得還真快呢。

不過，被小黑和小雪逮到了。

小黑看向我，問我要怎麼辦。

既然抓到就沒辦法了對吧。

烏爾莎和古拉兒去幫忙準備晚飯。

沒逃的哈克蓮……自告奮勇監視烏爾莎和古拉兒是吧。

拜託了。不過，如果拿食材來玩我會生氣喔。

那麼，我回去工作……怎麼啦，小黑、小雪？

想要抓到烏爾莎和古拉兒的獎勵？真沒辦法，就讓你們躺在我腿上吧。你們很大隻，要照順序來

喔。好乖、好乖。

沒辦法工作。

稍微轉換一下心情，在屋裡走走。

小黑和小雪也要跟來嗎？謝謝你們。

阿爾弗雷德和蒂潔爾玩在一起。

希望他們可以就這樣要好地一起長大。

我和旁邊的鬼人族女僕打招呼後，前往下一站。

露……窩在房裡研究魔道具。

有爆炸的危險，所以禁止進入。

…………

這種研究能不能留到可以往外逃的日子做啊？

蒂雅在打毛線。

她用拜託麥可先生弄來的毛線編織某樣東西。

我原本以為是圍巾，不過上頭有開洞，大概不是吧。會是什麼呢？

雖然不曉得，但我也不會亂猜。

畢竟要是弄錯了，會讓蒂雅不高興。老實地問吧。

「妳在織什麼啊？」

「這個。」

她把編織到一半的東西攤開……但我還是不知道。大危機。

芙蘿拉……好像窩在發酵小屋。

這是無妨，不過應該沒被暴風雪困住吧？

有帶食物和水進去？

呃，不是這個問題啦……

等到暴風雪平息，就去看看狀況吧。

安在研究料理啊？

特萊因呢？午睡中？抱歉烏爾莎她們太吵了。

烏爾莎她們應該有來幫忙……啊，那邊是嗎。

烏爾莎、古拉兒還有哈克蓮三人圍著裝了大量蠶豆的篩籃，忙著剝豆子。

打擾她們也不好，於是我安靜地離開。

再來是……火一郎。

他總是和萊美蓮待在一起呢。

萊美蓮雖然很疼火一郎，卻也不是一味地寵著，該嚴格的時候還是會嚴格。

可以安心地交給她。

芙勞剛把芙拉西亞哄睡，悠閒中。

她正在享受賀莉泡的茶。

要是把芙拉西亞吵醒會捱罵，所以要安靜。於是我們以手勢交談。

嗯，賀莉也能參加啊？真厲害。

呃……談第二胎會不會還太早啊？

我在屋子裡轉了一圈，發現澡堂很熱鬧，於是往裡頭看。

始祖大人、德萊姆和比傑爾一邊泡澡一邊喝酒。

還有幾隻小黑的子孫們一起泡。

這幾個孩子不討厭洗澡呢。

暴風雪時在澡堂裡喝一杯，真令人羨慕。

我是不是也參加比較好啊？

小黑和小雪問我要怎麼辦。

……

畢竟都交代烏爾莎和古拉兒工作了嘛。

我總不能在這種時候參加澡堂的酒會。

雖然很遺憾，不過還是回去工作吧。

回到工房。

我今天的工作是加工木材。

其實打從好幾天前，我就在製作要擺到夏沙多大屋頂遊戲區的彈珠臺。

這種特別的彈珠臺是將略大的珠子丟進斜擺的檯子上，讓它落入四乘四的洞裡，按照完成的連線數量給獎品。

當然，沒辦法簡單地連成一線，也不會讓人那麼簡單就連線。

一來會釘上釘子當障礙，二來需要調整用彈簧發射珠子的力道。

這種特別的彈珠臺很遺憾不是一般尺寸，而是做得很大。組裝起來大概長會有五公尺，寬會有三公尺左右吧。

珠子也不是一般的彈珠尺寸，而是用保齡球。

之所以變成這種大小，原因在於彈射珠子的彈簧。彈簧沒辦法縮小，必須配合彈簧尺寸，結果就是這樣。

儘管搬運很麻煩，這種尺寸觀眾看得比較清楚，或許也不錯。

我原本這麼認為……卻在實驗階段發現問題。

釘在彈珠臺上的無數釘子抵擋不了保齡球的威力，不是彎掉就是斷掉。

一兩次還勉強撐得過去，可是以彈珠臺這種遊戲的性質來說，會發射很多次。

我判斷問題出在用石頭做的保齡球。因為石頭很重嘛。

考慮到減重之後，我改用木頭做球。

雖然製作同樣大小的木球很難……不過些許差異就當成是球的特色，放它們一馬吧。

小黑、小雪，你們願意陪著我讓人很開心，但是可不可以別拿球來玩呀？

…………

撞球或許也不錯。改天來做做看吧。

唉呀，小黑、小雪，那顆球我要收回。要玩就拿這邊的失敗作。

晚上。

烏爾莎、古拉兒和哈克蓮辛苦剝的豆子成了桌上佳餚。大家津津有味地享用。

安，別把明顯失敗的試做料理都放到我面前，拿到大家面前啦。妳也想多聽些意見吧？

哈哈哈，我當然愛妳呀。不過，這是兩回事。

還有芙蘿拉，記得去洗個澡，吃完飯再去也行。

嗯，有種會讓人流口水的氣味。

餐後。

暴風雪還沒停。

「好～大家一起玩吧。」

烏爾莎，雖然妳回答得很有精神，但是在屋裡可不能玩些很耗體力的遊戲喔～

歌牌之前玩過了嘛。

就拿撲克牌玩些抽鬼牌一類的簡單遊戲吧。

芙蘿拉先去洗澡，記得要好好洗。

深夜。

暴風雪總算平息，變安靜了。

應該積了不少雪吧。

如果明天天氣好，就來堆個雪人吧。

「好久不見了，火樂村長。」

身穿筆挺管家衣裝的年長男子在我面前低下頭。此人一頭白髮往後梳齊，鬍鬚伸往左右兩側，是個很有品味的紳士。

他是葛沃．佛格馬。

前太陽城城主輔佐，現在則是四號村代理村長輔佐之一。

先前他為了節省燃料把意識移到水晶身軀之中，如今回歸人體，所以前來問候。

「年紀比想像中來得大呢。我原本以為還要再年輕一點。」

「男性如果外表不顯得老一點，就不受人們信任。」

確實，男性就算能力一樣，和年輕人相比可能還是會優先選上了年紀的。

可是，這麼一來貝爾就顯得太年輕……

「我們的創造主認為女僕愈年輕愈好。」

原來如此……關於這位創造主的事，還是別深入追究吧。

「其他人差不多也快醒了。等到他們清醒就會前來問候，還請多多指教。」

「我知道了。四號村怎麼樣？」

「沒問題。庫茲汀代理村長也做得很稱職。」

「那就好。糧食沒問題嗎？別讓大家硬撐喔？」

「是的，非常感謝您。『大樹村』有發生什麼事嗎？」

「這邊？這邊……沒什麼特別的耶。一如往常吧。」

「一如往常嗎？」

「是啊。」

「外面好像冒出一座很大的雪山……」

「孩子們說想玩，所以萊美蓮和哈克蓮就把大量積雪聚攏，結果就變成那樣了。」

村子南邊出現一座三十公尺高的小山。

「雪山中心弄得很密，不需要擔心被埋住喔。而且融化的雪會順著水道流進河裡呢。」

無懈可擊。

「這樣啊。一如往常呢。」

沒錯，一如往常。

「其實，這次的來意不止問候。在太陽城……不是村名，而是那棟建築。我們在那裡找到重要的魔道具，因此特地前來報告。」

「重要的魔道具？」

「是的。由於處理時非得謹慎小心不可，所以想交由村長定奪。」

「是什麼樣的魔道具啊？」

「傳送門。」

「……從這個名字聽來，應該是移動用的門？」

「是的。這種門運用上是兩個一組，能將設置的地點相連在一起。」

「好像非常方便耶。」

「是啊。以前雖然相當普及，但大部分都在戰亂中消失或毀壞……聽說現在已經幾乎看不見了。」

「真浪費。」

「話是這麼說，不過戰爭期間它是種非常危險的存在。」

嗯，如果能透過傳送門運輸部隊和糧食會很方便。

不對，像是偷偷在敵國深處設置傳送門……光是稍微想一下，就能想到各種恐怖的用法。

「不過，在和平時很方便吧？戰爭結束之後沒復原嗎？」

「一來很難運用，二來只要一邊的門壞掉，另一邊的門就派不上用場了。」

「不能將多餘的門連接起來嗎？」

「以前有段時間研究過，據說最後得到的結論是不可能。」

「事情沒這麼好啊。」

「是啊。然後呢，是否要運用這種很方便卻難以處理的傳送門，若要運用又該裝在哪裡，想請村長決定。」

「嗯……很難立刻決定呢。我想和大家商量。」

「我明白了。關於傳送門有個基礎知識——運用時需要守門人。這是為了防止心懷不軌的人濫用。方才也說過，在戰爭時期它會成為非常危險的存在，因此一般來說會做好隨時都能破壞的安排。」

原來如此，所以現在才找不到沒事的傳送門吧。

「還有，不能裝在四號村這種會移動的地方。」

「是這樣嗎？」

「是的。如果四號村的移動速度再慢一點，或許就可以……」

「我原本最想裝在那裡呢。」

「這樣啊，真遺憾。」

真的很遺憾。

「再來……請將這個東西想成一旦裝設，要更換地方會非常困難。另外，裝好之後會隨時保持運作狀態……對了，有個很重要的部分還沒講。」

「嗯？」

「發現的傳送門，一共有三組。」

這點確實很重要。

關於傳送門的事，我試著和大家商量。

「以前我們村裡就有傳送門，而且確實總會有人守著。」

高等精靈的村子以前似乎設有傳送門。

只不過，現在似乎已經成了單純的擺設。

同樣地，在許多地方都能找到已經變成擺設的傳送門。

因此就外觀來說並不稀奇。稀奇之處在於能夠運作。

「光是還在運作的傳送門就夠貴重了，居然是還沒裝設的……根本就是遺失技術的結晶耶。」

露抱頭掙扎。

「要留一組拆開來分析嗎？」

「想是想，但是我沒有自信……會變成只是把它弄壞。啊，可是……嗚嗚。」

不需要急著下決定，可以盡情地煩惱喔。

討論許久的結果。

有人提議先連接「大樹村」和溫泉地。

一來能夠馬上抵達溫泉，二來死靈騎士和獅子應該能負責守門。

這主意不壞，感覺可以採用。

不過，也有人表示距離太近很浪費。畢竟只要坐在哈克蓮背上，往來就花不了多少時間嘛。

如果要裝，至少該擺在「死亡森林」的外面。

有人提議好林村、德萊姆的巢穴和魔王的城堡，但最多人推薦的是夏沙多市鎮。

不過有個問題。葛沃也提醒過，傳送門利用在軍事上會很方便，或者該說很麻煩，因此每個國家的處理方式不一樣。

在魔王國會怎麼處理呢？

魔王國內似乎沒有還在運作的傳送門，所以芙勞和文官少女組也不清楚。

一聲不吭就裝總覺得不太好。

下次比傑爾來的時候商量一下吧。

如果要設置傳送門，下一個問題就是該怎麼利用傳送門了吧。

如果告訴麥可先生，應該能大幅改善村子的物流吧。

不過，目前利用的半人蛇貨運使用頻率會因此降低。

得提供半人蛇補償才行吧？

再來，公開傳送門的存在導致訪客增加是沒關係，然而不見得每個訪客都對村子心懷善意。

這點該怎麼辦？

還有，假設要裝傳送門，該裝在「大樹村」的哪裡？

宅邸之中？之外？村裡？村外？

考慮到安全問題，離村子遠一點比較好；考量到便利性，則是愈近愈好。

必須考慮的事很多。

「關於『大樹村』的傳送門設置地點，不用特別去想也沒關係吧？」

「嗯？」

莉亞覺得我們忘了便解釋說：

「村長忘了嗎，裝在村子南邊新建造的迷宮裡就行了吧？」

「……啊，原來如此。」

的確。

考量到安全問題，那裡或許是最佳選擇。

假設裝在迷宮深處，要是沒有能夠利用暗門捷徑的村民帶路，會很難通行。

還有第一次碰上幾乎躲不掉的陷阱。

不過，我原本將那裡當成訓練用迷宮，如果考慮到安全問題，得稍微修改一下才行。

「唉呀，也不用急著決定。好好想清楚吧。」

安在上茶的同時，幫忙打了圓場。

也對。不要輕率下決定，先好好考慮再裝吧。

總而言之，今天討論後做出的決定，只有為了今後考量保留一組下來。

露要掙扎上好一陣子了。

「老爺。」

賀莉叫住我。

「怎麼啦？」

「那個，有些事想請教一下……那位出色的紳士是什麼人呀？」

「出色的紳士？」

賀莉的目光落在葛沃身上。

…………

「雖然不及亡夫，舉止依舊算得上無懈可擊。還有那穩重的嗓音。令人非常想和他交個朋友。」

「我為妳介紹吧。」

「麻煩您了。啊，請稍等一下……我要整理一下儀容。」

可能因為外表年長吧，看起來和賀莉很登對，不過……

糟糕。什麼都和戀愛扯上關係可不好。

或許只是想做些技術上的交流。

嗯，靜靜地旁觀吧。

所以芙勞，不要興奮地鼓吹人家進攻。

然後貝爾，妳什麼時候來的？因為感受到很有趣的氣息？開玩笑的吧？

喔，拿傳送門運輸計畫過來嗎？謝謝。

傳送門……相當大是吧。

這東西原本放在哪裡啊？我還以為太陽城大致調查完畢了……

「看過保管葛沃身體的地方了嗎？」

「這麼說來……」

沒印象。

「因為那個時候關係還沒弄清楚嘛。非常抱歉。下次您前來太陽城……更正，前來四號村時，我替您帶路。」

「麻煩了。」

話先說在前面。不可以把雪球握實讓它變得太硬喔。

讓大家看看不良示範，哈克蓮。

「嘿！」

哈克蓮將握實的雪球丟向木靶。

啊～沒丟準砸碎了旁邊的雪人呢。

那可是蒂雅費了一番工夫做的……啊，蒂雅注意到了。

全員，停止作業，修理雪人。

再一次。

讓大家看看不良示範，哈克蓮。

啊，慢著。別往這邊丟。嗯，那邊。有命中靶的自信？沒問題吧？不需要勉強喔。

「嘿！」

哈克蓮丟出的雪球從靶旁邊飛過，命中樹木。

樹木發出巨響並晃了一下，上頭的積雪隨之滑落。

「呃……我想大家已經明白不良示範的威力了。想被那玩意兒砸到嗎？」

很好，村民和我的想法很接近。

雖然對部分幹勁十足的人不好意思，可是被那玩意兒砸中會死喔。用盾牌也擋不住……嗯，大家放棄吧。

做雪球時要溫柔地握。畢竟這是在玩，不是用雪球收拾獵物的狩獵。

村裡打起雪仗。

分成兩隊的對抗賽，只要被擊中一發就出局，雪球可以就地製作。

首先是小孩子們也參加的家庭組。

沒有子女的大人也可以參加。

不過，大人記得要手下留情。不可以太激動喔。我已經先講過嘍。

……嗯，我就知道講了也沒用。唉。

先把澡堂的熱水燒好吧。

大家打完雪仗之後一定要洗澡，不能讓身體一直溼答答的。

少量的雪會融化，大量的雪就不會。村子南邊堆起的雪山應該會暫時留著吧。

我試著爬上這座雪山，不過比預期來得高，讓我嚇了一跳。

從下面看的時候看不出來有這麼高耶。

可是，由烏爾莎、古拉兒和阿爾弗雷德帶頭的孩子們啊。雖說是為了玩雪撬，不過你們居然能爬得這麼高？真厲害耶。

啊，是請蒂雅和格蘭瑪莉亞她們送你們上來的嗎？這樣啊。記得要說謝謝喔。

儘管這座雪山只有孩子們來玩，卻不代表我們放著不管。總會有人幫忙看守。

今天是鬼人族女僕之一。天氣這麼冷，辛苦了。我用拿來的火缽烤麻糬給她。

沾甜醬油再包上海苔。

…………

不知不覺間，孩子們已經在火缽旁等候。

拿來的麻糬不夠多……

我將拿來的火缽和麻糬交給鬼人族女僕，自己跑回屋裡。

嗯，小黑的子孫們。雖然你們很開心地跑在我旁邊，但這可不是賽跑啊。

我只是要去拿麻糬而已，很快就會結束喔。拜託別用那種期待的表情看我。

把追加的麻糬送到之後，我和小黑的子孫們在積雪的村裡奔跑。

某個晴天，二號村的半人牛族和北方迷宮的巨人族來訪。

不是偶然。事先說好的。

雙方的人數都是十五人。

半人牛族只要幾小時就能到，不過巨人族從北方迷宮出發應該花了好幾天吧。

說到他們兩邊要做什麼……

就是打雪仗。

似乎是在武鬥會時約好的。

場地借你們，但是絕對不可以把雪球握得硬實。絕對不行喔。

澡堂的熱水會幫你們燒好，但是就體格來說沒辦法所有人同時進入啊。那麼，大家加油。

…………

慢著。麻煩再往南邊移動一點。流彈很危險。

我一邊觀賞半人牛族與巨人族的雪仗，一邊用火缽烤某種很像鰹魚的魚肉。

因為在室內烤會弄得滿屋子都是煙嘛。

呵呵呵，仔細地烤。火烤類鰹魚片。

雖然不該在寒冷的天氣吃這種東西，但是麥可先生送來了很像鰹魚的魚，這也是不得已啊。嗯，不得已。

我事先做了類似柚子醋的調味料，還準備了大量的蔥。大蒜和洋蔥也都切好放著預備。

啊～好想快點吃……！

有如砲彈的雪球，把我的火缽連同類似鰹魚的魚肉片一起砸飛了。

…………

沒問題。只是沾到雪而已。沒事。沒事的對吧！

我把很像鰹魚的火烤魚肉片拿去餵正好待在旁邊的小黑子孫們。

牠們吃得津津有味。嗚嗚……

很像鰹魚的魚肉片已經沒了。

準備好的調味料該怎麼辦？試著拿來烤別的魚吧。

這次……對了。

用稻草包起來燜怎麼樣？不錯耶。

唉呀，我可不是笨蛋。先用雪築牆。

之前是我對流彈太不設防了。呵呵呵，這麼一來就準備萬全了。

我把炭裝進火缽裡，擺好鐵網，然後把稻草包住的魚放到上頭……大量雪球從天而降。

「不好意思～」

好像是來自天使族的攻擊。哈哈哈。

什麼時候參加的啊？

手邊有空的人，集合。

要打對空戰嘍。

拿盾。確保雪山的山頂。別讓對手補充雪球。

什麼？已經被雪球砸中出局了？別在意。現在重新開始。

玩雪後泡澡真是舒服，可以澈底放鬆。

是不是做個半人牛族和巨人族都能悠哉享受的浴池比較好啊。

幾個人倒還沒問題，合計三十人就有困難了。

希望大家別感冒了。

晚餐菜色有烤魚。

有點開心。啊，拿出剛剛沒機會用的調味料吧。

10 傳送門的處理

宅邸的會議室。

關於傳送門的處理方式，我決定和魔王討論。

比傑爾、德萊姆和始祖大人也以觀察員的身分參加。

「調查的結果，魔王國沒有任何法令限制裝設傳送門。只要能獲得裝設地點的領主允許，就可以自由行事。只不過，這東西畢竟比較特別，希望能避免對一般大眾公開。否則物流會死亡。」

「物流……不能用來運輸村裡的作物嗎？」

「這倒是無妨。我希望避免的，是直接利用它做生意。好比說王都和夏沙多市鎮如果用傳送門連接，往來會十分方便。雖然很方便，但是王都和夏沙多市鎮中間的城鎮和村落可就頭痛了。」

「啊，原來如此。」

「如果其中一側在這個村子，那麼要設置在哪裡我都沒意見。不過，希望能顧慮到某些部分。」

「某些部分？」

「說明白一點，就是如果把它擺在大街上會很麻煩。」

「是這樣嗎？」

「嗯。只是萬一。萬一……這座森林的魔物或魔獸通過傳送門——考慮到這種狀況，無論如何都得避免擺在街上。」

倒也不是不能理解。

即使我這邊保證萬無一失，身為執政者也不該無條件信任。

「如果可以，希望能設置在距離夏沙多馬車需要行駛一天路程的地方。」

除此之外，還要記錄通行者、限制每日通行量、常駐管理員與護衛，盡可能隱瞞傳送門的存在。

魔王提出的要求我都能夠理解。

可是，如果接受這些要求，傳送門處理起來就變得很麻煩。換句話說，它就是這麼麻煩的物品啊？

「聽說夏沙多是設置傳送門的候選地點，現在還是嗎？」

今天和魔王討論之前，我已經和比傑爾商量過好幾次。

應該是比傑爾告訴魔王的吧。

「因為我和那邊有些關係嘛。」

「夏沙多和它周邊都是王領，設置傳送門一事我可以允許。」

「這就幫大忙了。」

「不過……要把傳送門設在夏沙多外面，還要安排管理員和護衛常駐，應該很麻煩吧？」

「是啊。」

麻煩姑且不論，重點是人手不夠。

「這些問題有個簡單的解決辦法。」

「嗯？」

「在設置傳送門的地方建立一個新村子怎麼樣？」

「咦？」

「有個不錯的地點，離夏沙多正好需要一天左右的車程。如果有個村子建在那裡，應該能隱藏傳送門的存在吧。」

和魔王的討論，就這麼轉為簡單的餐會。

「嗯，果然好吃。夏沙多的店雖然也不壞，但是這裡獨樹一格。」

雖然也和廚師的手藝有關，不過這種時候我還是想為食材的差距自豪一下。

餐後，比傑爾對魔王炫耀起芙拉西亞。魔王的女兒優莉還沒有對象嗎？

不過，這是個敏感的問題，還是別亂提吧。

新村子啊……

候選地點到夏沙多市鎮，搭乘馬車一天可到。

到海邊需要兩天，應該是靠內陸吧。

如果能在那邊設置傳送門，和麥可先生往來會輕鬆許多。

老實說，我想擺在夏沙多市鎮內……但是考量有個什麼萬一，這樣很危險。

魔王國要盡可能隱瞞傳送門存在的理由，如果是為了避免不必要的麻煩，我也只能點頭答應。最主要的原因，似乎還是想避免讓他國察覺有新設傳送門的技術。

不過，反正我也沒打算大肆宣揚傳送門的存在，所以沒問題。

比傑爾先不論，德萊姆和始祖大人也表示魔王的提案很合理。

但是，他們擔心開闢新村可能會很辛苦。

確實，建立一號村、二號村和三號村時就十分辛苦。不過，最麻煩的應該不是開闢新村，而是招攬移民。

傳送門的管理員和護衛不用說，村子也需要負責人，何況不管建立什麼樣的村子都需要勞動力。另外我這邊應該也會需要出些人。

需要考慮的事太多了。

還有夏沙多大屋頂的事要處理，應該把傳送門往後挪嗎？不，如果有傳送門，夏沙多大屋頂那邊會比較輕鬆……吧？

只有食材運輸會比較輕鬆，以及馬可仕和寶菈回一號村會比較方便？

這麼說來，他們取名為庫里奇的小黑子孫很寂寞呢。

改天帶牠過去吧。

不，牠很努力看家。帶馬可仕和寶菈回來會不會比較好？可是，他們兩人全心全意地顧店呢。嗯～

算了，別鑽牛角尖，和大家商量吧。

畢竟不管要做什麼、該怎麼做，都得等到春天。

更何況，還有拿傳送門連接「大樹村」和溫泉地的方案可用。

啊…………好，今天就睡覺吧。還有時間考慮。

小黑的子孫之一發出難為情的叫聲來到我面前。

似乎是小骨頭卡在喉嚨裡。到底吃了什麼啊？

我把手伸進嘴裡拿出小骨頭。

身子長得比較大在這種時候很方便呢。

小骨頭……嗯，好像是獠牙兔的肋骨。

下次要吃慢一點。乖乖乖，很痛對吧。

露發出難為情的聲音來到我面前。

看來不是小骨頭卡在喉嚨裡。

「怎麼啦？」

「人家想拆傳送門……」

「我說過可以拆了吧？」

「不過，很可能變成只是把它弄壞。」

「就算弄壞也沒關係，只要能學到些東西就好啦？」

「話是這麼說沒錯……嗚嗚。」

乖乖乖。

露似乎還要煩惱一陣子。

把玩其他的魔道具轉換心情怎麼樣？生孩子？還真直接呢。

呃，我也不是不想生第二胎啦。

真的喔。我是說真的喔……

我再次和村民們商量傳送門的事。

也講到魔王建立新村的提案。

整體來說肯定和否定差不多各半。

也有人表示，考慮到原本就沒有傳送門這東西，應該不用勉強設置。這麼說也有道理。

至於建立新村，也因為目前還沒有新村民的頭緒，所以有人提議總之就先過去那邊視察。這麼說也有道理。

等到忙完春天的農活之後，就去預定地點看看吧。

閒話　前四天王之一

吾名蓋提格爾……不重要。反正沒人記得。每個人都這麼稱呼我——

四天王之一。辭去四天王之後，就是前四天王之一，或是前任四天王之一。

全都是因為擔任了四天王這種職務。真是個失敗。

當時的魔王大人提拔了只有內政才能的我。儘管很令人感激，不過繁重的工作光用慘烈一詞實在無法形容。

畢竟他在政務方面幾乎完全不行嘛。

唉，這些如今都成了美好的回憶。侍奉的魔王去世後，四天王也因此解散。

魔王國在新任魔王大人與新四天王之下團結一致，持續茁壯。

我只需要帶著前四天王這個名號，悠哉地經營領地，守望今後的魔王國就好。

我原本如此希望。

這幾年。

特別案件在魔王國高層往來不斷。

所謂的特別案件，就是只有魔王和四天王能參與的案件。

當我還是四天王時，與勇者暗殺有關的就屬於這些。

現任魔王似乎也吃了不少勇者的苦頭。說不定他會來問些以前的事呢。先把以前的案例整理好吧。

我原本這麼想，然而事情好像不太對勁。

…………

魔王和四天王看起來從特別案件裡得到了好處。

該不會，他們和勇者聯手了？這可是背叛喔。魔王國雖然會和人類聯手，卻不會和勇者聯手。不可以容許那種沒道理的東西存在。

該去吼吼他們嗎？不，別慌。或許只是我想太多。先調查一下。

查也查不出東西。

不愧是現役。

這表示我也老了嗎……有點受到打擊。

已經查出特別案件與夏沙多市鎮有關。

我的密探部隊只能做到這種程度。

逼不得已，我親自前往夏沙多市鎮調查。

……………不懂。完全不懂。他們到底在這裡做什麼啊？

代官守口如瓶。不，我本來就不指望。畢竟這裡的代官很優秀。

我不認為能從代官口中問出情報。但是，沒想到連看起來有機可乘的代官兒子都套不到話。

而且勇者好像還沒來過這裡……

即使去問黑社會的老朋友，也得不到像樣的情報。

嗯……總之，今天到此為止。雖然時間早了點，不過就去吃個晚飯吧。

這個時間應該還有咖哩吧。昨天賣光了讓我很懊悔。

這邊的咖哩很好吃。啊，那邊裹著香草的羊肉也不錯呢。酒也好喝，完全能夠理解為何生意會好。

將一整條街都納入屋子裡，可以不受天氣影響做生意，也是個了不起的點子。

如果我還是四天王時有注意到……真不甘心。

晚餐之後我稍微玩了一下保齡球才回旅店。運動過後可以睡得比較香。

關於特別案件，擔心的不止我一個。

以前的同伴，前四天王之一帕爾安寧來訪。

帕爾安寧的來意很單純，既然查了也不曉得，那就直接去問魔王大人。

老友表示，雖然不曉得他會不會老實告訴我們，不過光是讓他知道我們在擔心或許就有意義。

我認為有道理，於是和老朋友一起去拜訪。

我和帕爾安寧來到一個在「死亡森林」正中央的村子。

因為人家說百聞不如一見。

我和帕爾安寧拜訪的時機似乎非常恰好。

或許是這樣沒錯……然而不是該稍微替前輩著想一點嗎？既然知道要準備更換的衣物，不是更該考慮到其他部分嗎？

好～冷靜，先冷靜。一個一個來。

首先……那是地獄狼對吧？只要一隻就可以滅掉城鎮？如果聚集個四至五隻，會被視為大陸災害……有幾隻？隨便數一數也破百耶？

這種生物為什麼像狗一樣乖巧？還會露出肚子給人摸耶？

然後，那邊是惡魔蜘蛛對吧？

好多小蜘蛛……

牠們為什麼會列隊行進啊？

除此之外，那邊的雖然外表是人類模樣，但其實是龍族對吧？

人家告訴我那是暗黑龍基拉爾耶？德斯是北方大陸的龍王(Emperor Dragon)對吧？還有萊美蓮，你是說南方大陸的颱風龍(Typhoon Dragon)？

旁邊的惡魔族，不就是大惡魔古吉嗎？以前我曾經遇過一次喔。連他的親信布兒佳與史蒂芬諾也在……他們是要討論如何征服世界嗎？

吸血公主和殲滅天使親密地一起喝茶，撲殺天使三人組在上空盤旋。

就連科林教的宗主和辣手芙修都顯得很親切。

啊，旁邊的是聖女？妳是第一次來這裡……和我一樣呢。

換了幾次衣服？兩次？哈哈哈，我可是四次喔。還有兩次，請好好努力。

加雷特王國的巫女琪亞比特為什麼會在這裡？

辭職不幹了？真的？現在是誰當巫女……？沒聽過的名字。加雷特王國沒問題嗎？有關巫女的事，我之前都沒特別注意。

高等精靈、長老矮人、蜥蜴人與鬼人族……嗯，全都是凶暴的種族呢。

還好有半人牛族、半人馬族與獸人族這些熟悉的種族。

咦？他就是那位在夏沙多被稱為武神的戰士？

那麼，這裡最強的就是……果然不是。從下面數比較快……請好好努力。

巨人族……哦哦！半人蛇族……唉。史萊姆……被療癒了。真想一直抱著。

有馬耶，真好。啊……感覺心靈好平靜。

這個村子的中心人物是村長。

在這座「死亡森林」正中央孤身建立起村子的男人。

敢撫摸地獄狼的肚子，讓惡魔蜘蛛坐在肩上也若無其事。

似乎還娶了龍族女子並生了孩子。

啊，小孩真是可愛～雖然有好幾個完全沒隱藏他們的英雄資質……

我在這邊整理思緒的同時，想起了以前讀過的古代文獻。

太古時代，魔神被封在這座「死亡森林」之中。

有個男人在「死亡森林」正中央建立了村子。

周圍的狀況。

…………我明白了。

他是神。是魔神。

所以大家才會這麼服從他。

魔神也是魔族之神。換言之，就是我等的神。

這麼一想，就感覺這個村子有點神域的味道。

彷彿神的吐息近在咫尺。

啊，小貓。麻煩先去那邊喔，我正在整理思緒。

幸好，我和帕爾安寧的孫女在這個村子工作。

既然如此，不就有可能得到村長的寵幸……

比傑爾的女兒已經有了？被搶先一步了嗎！

不，不是這樣。值得高興。因為村長和魔族已經有孩子了。哦哦哦！魔族的未來一片光明。

孫女啊，只要能幫上忙，我什麼都肯做！妳要加油喔。

吾名蓋提格爾提拉提賽波涅斯特。

雖然八成不會有人記得住，不過從今天起我就是魔神……失禮了，是村長的信徒之一。

閒話　帕爾安寧

我叫帕爾安寧。

曾擔任過魔王國四天王的男人。

鬥將帕爾安寧的名號早已廣為人知……應該沒有吧。

畢竟所謂的鬥將，都是在和文件奮戰。我一直是負責後勤嘛。

好啦。

我的好友，一個曾和我共度四天王時代的男人，變得有點奇怪。

他拜訪某個村子時，將那個村子的村長當成魔神崇拜。

真是的，他在想什麼啊。

確實，那位村長看起來不簡單。

不過我希望他冷靜一點。

魔神就是魔族之神，能讓魔物與魔獸服從。這點我承認。

然而，還有一件事更加重要。那就是魔神是魔法之神。

我問過了，他似乎完全不會魔法。這樣還會是魔神嗎？不可能。絕對不可能。不管變成什麼模樣，魔神都不該失去魔神的本質吧？

這樣才算得上咱們魔族的神。

唔……貓啊。好乖、好乖。看來你不怎麼怕生嘛。

咳咳。

換言之，講得簡單一點，就是我希望能夠有個「村長是神」的證據。

我明白這種要求很沒禮貌，可是能不能請您證明一下！

「咦？我是神？不不不，我是個普通人啦。」

…………

普通人不會在「死亡森林」正中央建立村子，也沒辦法在地獄狼與惡魔蜘蛛圍繞的情況下生活得那麼自在。

在您旁邊低下頭的，可是我國的魔王大人喔？

不，只要您能展現一小部分的力量……

嗯？怎麼啦？是個熟面孔呢。

啊，我那個嫁出去的女兒生的女兒啊。換言之就是外孫女。好久不見。

妳也在這裡啊？什麼？要告訴我村長的戰績？那就說來聽聽吧。

擊破「鐵之森林」的飛龍、瞬殺格鬥熊和血腥蝮蛇、擊退了鬧事龍拉絲蒂絲姆，也擊退了數百年前大鬧過的龍。「死亡森林」的魔物和魔獸幾乎都能瞬殺。

外孫女啊，就算是吹牛也未免太過分了吧？

咦？「狂龍」拉絲蒂絲姆就是她，而且目前懷孕中？

數百年前大鬧過的龍就是她，孩子是……在、在那位鬥爭精神強烈的女性懷裡對吧。看起來是個很機靈的孩子呢～

逃避現實可不好。

呃…………嗯，我放棄了。

他是神。

雖然不是魔神，但應該是某種神。這點不會有錯。

要不然，他不會插手地獄狼和惡魔蜘蛛的混戰，也沒辦法用物理方式平息龍族之間的戰鬥吧。

武鬥會？副標題是世界最強決定戰對吧。

總而言之，我在內心發誓，絕不違逆這個村子的村長。

啊～被史萊姆療癒了。

從村子回到家之後，我為了回應村裡孫女的要求而奮鬥。

神似乎要找能擔任教師的人才。是要教育孩子嗎？

幸好，這種人才我心裡有數。

只不過他們各自有工作，要立刻上工有點困難。

啊，不用那麼急也沒關係是吧。

……………

這些人才裡，混了側室候選人會不會出問題啊？她們能力很強喔。雖然性格上有些問題，不過能把龍族娶進門應該不會在意吧。

視情況也可以當兒子的……不行？絕對不行？遺憾。我知道了，別考慮些多餘的事，專心招人吧。

……真奇怪。

聯絡不上看中的人才。

是誰的陰謀嗎？還是說……啊啊，被其他接到同樣委託的人搶先一步了嗎？原來如此、原來如此。

哈哈哈。

怎麼能輸呢！必須為了神好好努力才行！

我聽說了有關傳送門的事。

還有能運作的傳送門嗎？啊，既然是神的村子，就算有也不奇怪。

暫訂設置地點為夏沙多市鎮。

嗯，不壞。雖然不壞……卻有問題。

要設置在夏沙多的哪裡？由誰來管理？現在幾乎沒人知道神之村所以沒問題，如果神之村的事傳出去，大家不就會為了傳送門起爭執嗎？

最糟糕的情況下，消息還會走漏給勇者，替神添麻煩……這可不行。

那麼，該怎麼辦？如果要隱瞞傳送門的存在，該設置在哪裡？

之所以要設置傳送門，是為了販賣神之村的作物……

唉，要到「死亡森林」的正中央買賣東西也很辛苦啊。

雖然我認為，想弄到神之村的作物就該這麼辛苦……

可是一般來說，這麼做會死吧？畢竟是「死亡森林」嘛。在熔岩上頭散步的生存率還比較高。

不過，那個村子的食物真是好吃。讓我既衝擊又感動。

我當下就想表達搬過去的意願，但還是忍住了。

因為我突然想到，自己能為那個村子做些什麼？

雖然對文書工作有自信……可是那個村子有這種工作可以做嗎？既然是神，應該能輕而易舉地全部處理掉吧。

唔！真恨自己的才能不在武術或魔法。但是，不能放棄。

關於傳送門一事，我提議設置在和夏沙多稍微有點距離的地方，並且在那邊建立村子。

至於村長候選人，則是報上我的名字。

輔佐人才就從領地帶去吧。

雖然他們年輕時就跟著我工作，所以有些年紀，不過都還能幹活喔。哈哈哈。

身為領主的兒子也流著淚表示贊同。

「事情不是這樣。要是爸爸和他們都不在了，領地會變得很慘。請您重新考慮。拜託您再重新考慮一下！」

他表示贊同。我有個好兒子。

「爸爸，聽我說話啊！」

那位名字很長的朋友似乎也有同樣的想法。

唔嗯嗯嗯嗯！我可不會把村長的地位讓給你喔。

由我建立的村子會比較優秀！

基本上該先考慮怎麼應付勇者。不過，這種事沒必要告訴神。

勇者是我等該負責處理的問題……正確來說，這是現任魔王和現任四天王該處理的問題。不可以讓神操心。

神只需要設置傳送門，剩下的全都由我們解決。

然後，我會賭上身家性命保護傳送門。

…………

神傾向自己建村啊？

不，一定有。一定有什麼地方幫得上忙才對！

我要好好努力。

11 思索與視察？

矮人，一百六十名；精靈，兩百七十五名；獸人族，一百二十名；魔族，六百多一點；人類，差不多接近兩百人。

…………真奇怪。

明明還沒決定要建立村子，卻已經來了一批預備居民。

不，雖然還只有文件，沒有實際移動……

「這裡是新村子代表的人選名單。還有，這是官僚機構的核心人事清單……」

「會不會太急啦？村子還在討論階段喔？」

我詢問將文件一份份拿來的文官少女組之一。

「應該是魔王國方想表達『如果要建立村子，我們會提供這麼多支援喔』吧？村長人選裡甚至列了前任四天王，感覺相當積極呢。」

「前任四天王？喔，武鬥會時來的那兩人啊。」

我記得他們相當謙虛。

「他們兩位願意協助當然令人開心，但是這樣不太好意思吧？」

「是啊。帕爾安寧大人的兒子送來了請願書。」

「內容是？」

「『有關村子的事，敝人會抱著捨命的決心工作，還請放過家父。』怪了？這人不是當家的嗎？難道已經讓位給前四天王的孫輩了？」

「無論如何，會有人請願，代表前任四天王的名字有其分量，實在不適合請他們當村長啊。」

「是呀。不過村長，帕爾安寧大人是文書工作的專家喔。」

「……這個情報是真的？」

「是的。聽說他在現役時期，能夠處理二十人份的文書工作。」

「唔！真想挖角，然後把村裡的工作交給他。」

「我也這麼想……然而終究還是不行吧。」

「嗯……說得也是。」

一個有地位也有名聲的人，實在沒辦法請他來村裡做文書工作。真遺憾。

「那一百六十名矮人似乎是從鄰近的矮人聚落移居的。」

「不是強迫的吧？」

「沒問題的，這好像是多諾邦先生聯絡之後的結果。」

「目的在酒嗎？」

「這應該也是原因……雖然我不太清楚，不過多諾邦先生在矮人裡頭好像相當吃得開喔。」

「是這樣嗎？」

「是的。似乎只要搬出多諾邦先生的名號，矮人們就樂意提供協助。」

「哦～」

仔細一想，多諾邦他們雖然是矮人，正確說來是長老矮人。和普通矮人之間是不是有地位上的差距啊？

「同樣地，精靈們也是從鄰近的聚落或村落移居過來的。」

「難道說，是莉亞聯絡的？」

「不，他們也是多諾邦先生聯絡的。好像是有熟人在。」

「原來如此。」

「既然是高等精靈，應該會有精靈熟人」這種想法未免太輕率了。反省。

這批預備居民裡的獸人族和好林村無關。

與其他魔族和人類一樣，都是從各地招募志願者的結果。

不知道是不是推薦人很嚴格，人物評價相當辛辣。

不過，看得出來是將「信得過」放在能力之前。

其實也不需要特地挑選，有人想搬過來就讓他搬。

啊～考慮到犯罪之類的問題，不能這麼做啊？嗯～得好好想一想才行。

啊，慢著、慢著。

變成以建立村子為前提在思考了。我還沒決定要建村。畢竟連地點都還沒看。

「有關新村子的文件，到一個程度就停了吧。愈看愈會讓人傾向建村。」

「我明白了。那麼，接下來是有關迷宮改造計畫的部分。」

「明明還沒完成耶……」

「如果要將傳送門設置在迷宮裡，現在這樣是不行的。」

「是這麼說沒錯啦。我知道了，不過先等我喝完茶再說。」

「是個好主意呢。那麼，我去泡茶，請村長準備茶點。」

「鬆餅可以嗎？」

「如果上面能放點鮮奶油再淋些草莓果醬，就再好不過了。」

「了解。啊，別告訴其他人喔。」

「呵呵，我儘量。」

嗯，以結果來說呢，還是被發現了，因此我做了很多鬆餅。

「都聞到那麼香的味道了……」

「畢竟大家冬天都待在室內嘛。」

「汪。」

冬寒變得和緩的某日。

我前往各村看看大家的狀況。

雖然已經問過聯絡員各村的情形，親眼目睹還是不一樣嘛。

我騎著馬，悠哉地在雪道上移動。

首先是一號村。

豬在一號村的室內競技場裡奔跑。

那是豬嗎？好像很結實耶？是不是變苗條啦？而且意外地快。

行動還感覺得到紀律。是因為飼育地點不同帶來的變化嗎？

沒什麼大問題，所以我前往二號村。

到了二號村，我看見半人牛族的小孩在外面玩耍。

雖說是小孩，不過體格和我差不多。

他們找我一起玩，於是我稍微陪他們玩一下。

一二三木頭人。

嗯，步伐好大。從遠一點的位置開始吧？

抵達三號村後，馬顯得有點興奮。

牠開始和半人馬族競爭。

我起先有點擔心地面的狀況，不過三號村外圍的跑道保養得很好。

他們似乎會在天氣好的日子輪流過來保養。

感覺他們很重視，讓我有點開心。

比賽由馬以些微差距獲勝。

馬相當得意。和牠比賽的半人馬族有些沮喪。

因為冬天動作比較遲鈍嘛。啊～這點馬也是一樣。

而且馬才剛載著我過來呢。嗯～加油吧。

真恨自己說不出幾句安慰的話。

三號村也沒問題。

我原本還擔心會不會缺食物或柴火，不過他們好像沒那麼大意。

我回到「大樹村」搭熱氣球前往四號村。

上空很冷。

不過，一靠近四號村太陽城，就會緩和許多。

抵達四號村之後甚至能感受到春天般的暖意。

這裡是另一個世界啊。

四號村也沒什麼問題。

住家也完成不少，可以說以前的熱鬧氣氛回來了嗎？

「是啊。」

貝爾替我導覽四號村各地。

導覽的最後，來到她之前提過的地方——保管葛沃身體的房間。

貝爾給了個信號，牆壁隨之開啟。

嗯，事先不知情絕對找不到，水準和其他機關不一樣。

「因為是最重要的機密。」

一個還算大的房間裡，擺著無數圓筒狀玻璃櫃。

玻璃櫃裡都是全裸的人，有一個是空的。

所以，我推測葛沃之前就待在那個空的裡面，而我似乎猜對了。

房間裡沒有其他東西。

「沒有什麼操作用的道具嗎？」

「因為我們不需要。」

原來如此。如果是貝爾或葛沃，好像只要一動念就能直接操作。真方便。

「不用多久，這邊的阿薩、芙塔和米優就會醒來。正確來說是已經醒了，不過和身體的同步作業需要時間。」

「不要勉強喔。拜託要做到萬無一失。」

「了解。」

「話說回來，沒有貝爾妳的嗎？」

「我的在地下，是椅子型的。真令人不爽。」

這話題不能多問。

在四號村和葛沃、貝爾、庫茲汀一起享用過晚餐後，我踏上了歸途。

各村都沒問題。

12 冬末發生的事

就在冬天差不多要結束的時期。

我們發現寶石貓懷孕了。

前一段時間我就在想寶石貓怎麼沒追著貓跑，原來是懷孕了。真是可喜可賀。

我開放宅邸中的一間空房供寶石貓使用……還在門上製作了貓用的門，讓貓可以自由出入。

由於沒有彈簧，所以是用布弄成像門簾那樣。

平常牠們會走房間上方座布團孩子們用的通道，不過現在肚子裡有孩子，所以我希望寶石貓避免做些危險的舉動，應該說牠已經儘量避免了。

可是，牠不太讓人碰，脾氣也變得暴躁。感覺有點寂寞。

貓在寶石貓附近晃來晃去。似乎抓不到距離感。或許是有點困惑吧。

我想到他們的模樣，於是去看看賽娜的狀況如何。

知道賽娜懷孕時，我提議讓她住進宅邸，卻遭到周圍反對。

說是生產需要非常小心，最好讓她待在習慣的地方。

那麼，回好林村如何——我一開口就發現不對勁，於是閉上了嘴。好險。

我委婉地繞圈子詢問，才知道除非有什麼不能留在原處待產的特殊狀況，否則說這種話就等於宣告離婚。

我原本只是體恤人家呀。

順帶一提，所謂不能留在原處待產的特殊狀況，主要是宗教上的理由，至於什麼「沒有助產師」一類的似乎當不成藉口。

這個世界真難混啊。不是該以產子為優先嗎？小孩不重要嗎？

似乎不是。嗯……

唉，雖然每個人有自己的理由，不過在村裡我希望將產子放在第一順位。

所以賽娜，懷孕中儘量避免那些費力的勞動……拜託妳。

妳或許覺得沒關係，不過請為了肚子裡的孩子和我的心靈平靜著想。

賽娜表示沒問題，但是這樣好嗎？

如果再三叮嚀，或許會讓當事人心裡不舒服，所以我委婉地拜託周圍的人。

尤其是負責照顧獸人族的拉姆莉亞斯。拜託嘍。

啊，這是我做的布丁，拿去吃吧。

我造訪拉絲蒂的家。
拉絲蒂住在為德萊姆建造的別墅裡，和惡魔族的布兒佳與史蒂芬諾一起生活。
宅邸有為她安排房間，但使用率不高。
平時有工作所以還算常見到面，但是冬天難免變得疏遠。
「沒有問題。」
看見和平常不一樣的成人版拉絲蒂，令人心跳加速。
啊，抱歉。平常的模樣也很可愛喔。嗯，真的。
即使外表變得成熟，精神層面還是跟原來一樣呢。
啊，我帶了柿餅過來。特地為拉絲蒂妳晒的份。別客氣，儘量吃。

目前德萊姆和惡魔族助產師就在村裡，不過德萊姆是睡宅邸的客房。
惡魔族助產師們則是在村裡的旅舍過夜。
德萊姆暫且不提，助產師儘管來得早了點，卻在芙勞生產時幫上了忙，令我十分感激。
順帶一提，助產師們分為兩組。一組隨侍拉絲蒂身邊照料，另一組則在旅舍悠哉地享受冬天。
我去探望悠哉享受冬天那一組，發現古吉也在。
「好久不見。」

我和他也算得上來往滿久了。

之前武鬥會時見過他戰鬥的英姿，實力相當強。

其實我懷疑他說不定比德萊姆還強，但是不能說溜嘴。

我原本打算和惡魔族助產師們聊聊，卻變成和古吉窩在暖桌裡面對面閒談。

主要是抱怨工作，以及有關拉絲蒂的回憶。

拉絲蒂以前似乎相當凶暴……相當調皮。

這樣的拉絲蒂成了媽媽，讓古吉十分高興。

「我還以為她鐵定找不到對象……真是奇蹟。」

雖然來到村裡的開端是那種情況，但回想起她住進來之後的模樣，我倒是不覺得她有那麼調皮呢。

我們一邊吃橘子一邊下西洋棋，聊了很久。

至於棋局的勝負……古吉真強。不，是我太弱了吧。

回到宅邸後，我前往芙勞和芙拉西亞的房間。

比傑爾在這裡。總覺得他一直待在村裡，是我的錯覺嗎？

他哄芙拉西亞的模樣，完全就是外祖父，讓我想起萊美蓮。

算了，正好。

我找他商量一件很久以前就提過的事——與他的太太，芙勞之母見面。

比傑爾表示他有傳送魔法，所以隨時ＯＫ，還說要聯絡一下他太太。

只有芙勞提不起勁。

「不需要勉強見面呀？」

「不，打聲招呼很重要吧？」

「話是這麼說沒錯……」

她提議等芙拉西亞再大一點，差不多半年之後再說。

芙勞和母親感情不好嗎？似乎不是這麼回事。

「那麼，雖然這樣可能有些失禮，不過請令堂來一趟……」

芙勞的母親應該也想看看芙拉西亞吧。

對於我的提議，芙勞顯得相當排斥。

我再問一次，妳們感情不好嗎？不是這樣？呃，可是……

芙勞放棄抵抗，我們決定請她母親來村裡。

隔天。

「我是芙勞蕾姆的媽媽，希爾琪涅。」

來了一位嬌小的美人。

芙勞的母親？芙勞的妹妹吧？年輕。超年輕。看起來比芙勞還年輕。不，實際上連舉止都很年輕。

如果不說，根本沒辦法相信她是人母。

「阿比真是的，每次都擅自決定小芙的事。你不覺得這樣很過分嗎？」

阿比是指比傑爾嗎？應該是吧。比傑爾顯得很慌張。

「希爾琪涅，我說過在外面不可以喊我阿比吧？」

「阿比就是阿比吧？重點是，我正在和人家打招呼，不要來礙事。」

「抱、抱歉。」

「阿比跟我說了很多喔。能夠實際見上一面，我感到十分榮幸。今後小芙也要請你多多關照了。」

我和希爾琪涅打招呼，聊上幾句。她因為這件事拖太久而稍稍責備了我一下。

呃，畢竟她並不是正式出嫁，而是在村裡一起工作久了，不知不覺發展成這種關係……實在是非常抱歉。

「所以說小芙呢？」

「正在餵奶。」

「啊，對喔。小芙當媽媽了嘛。讓我想起以前的事呢～」

這種外表居然能生兒育女啊……

就當成女體的奧妙吧。

芙勞餵完奶了，所以我帶希爾琪涅過去。

「小芙的女兒長得很像我，是個美人呢。啊，還是該說像阿比一樣帥氣？」

「不，她應該是像芙勞或村長，不是我們……」

這對夫妻感情應該很好，但怎麼看都像是中年男子和他的小女兒——我決定別把這件事放在心上。

魔族的外表與年齡不相稱似乎是常有的事。

…………

外表年輕代表魔力強大？

「是啊。順帶一提，她比家父還要年長喔。」

咦？

啊，不過說到年齡，露、蒂雅、莉亞和哈克蓮她們也很誇張嘛～這種事沒什麼好在意的。

「她是個好媽媽吧？為什麼妳不願意讓我們見個面？」

「你明白了吧？」

「算是啦。」

「……因為男人都會被那副模樣騙走。」

倒也不是無法理解。

「不過，令堂不是那種會花心的人吧？」

「嗯。她都會漂亮地打發掉。領地又經營得很好，讓人很難抱怨……」

原來如此。

還有，芙勞。

就算妳不隨時站在我和希爾琪涅之間，我也不會迷上別人的老婆……應該說別人的母親啦。

希望妳對我更有信心一點。

閒話 魔神

從前有一位負責管理世界上魔力的神。

祂沒有名字。不過，大家稱祂為魔神。

管理魔力既麻煩又困難，但也因為這樣，魔神以這份工作為傲。

但是某一天，魔神在工作上出了差錯。

「為什麼！魔力居然外洩了？這樣下去，會遍及整個世界啊！」

因為出了差錯，導致世界上出現了被稱為亞人的種族。嚴重失態。

魔神引以為恥，向賜予祂這份工作的創造神賠罪。

創造神並未責備魔神。

「神也會犯錯。既然有新誕生的物種，那就別拋下他們，好好地照看。」

魔神多了一份新工作。

亞人之神。

魔神非常努力。魔力管理做得比之前更為嚴密，也不忘照看叫做亞人的種族。

照理說一切應該就此結束才對。

某一天，魔神查清魔力管理出差錯的原因了。

一對愚蠢的男女神，在儲存魔力的重要倉庫裡偷情。

為什麼會知道？

因為這兩個又幹了一樣的好事。

魔力再次外洩到世界上。

魔神氣瘋了，當場打死這對愚蠢男女，於是他們就此消滅。

神不會死，只會回歸起源。

但是，愚蠢的男神管理世上的人；愚蠢的女神管理世上的農作物。

儘管上頭應該會派新神過來；但在那之前，世界想必會陷入混亂。

而且外洩的魔力產生了新的魔物與魔獸。

這樣下去世界會崩潰。情急之下，魔神帶著手邊的魔力降臨到世界上。

於是，祂成功阻止世界崩潰。

儘管如此。

魔神卻被禁止回歸神界。

並且被封印在所降臨世界的地底深處。

為什麼！

魔神縱然憤怒，卻明白理由何在。

因為祂用魔力干涉世界，讓世界亂了套。

而且不止一個世界，而是影響到好幾個世界。

不少重要的法則失控，甚至變得無法修復。

冷靜地想一想，只有封印了事，或許已經算得上很寬大了。

畢竟那位創造神很仁慈。

只要過上千年，或許就能解除封印，回歸神界。

然而，當時的魔神對於這種不講理的處罰極為憤怒，因此出言詛咒神與世界。

…………這樣是不是很愚蠢呢？

我看向躺在身旁的寶石貓。

她肚子裡有我的孩子……

我的孩子……

我得到寬恕了嗎？

還是說，我會維持這副模樣，就此衰老死去呢？

這些都不重要了。

現在的我，沒有以前的力量。

但是，我會努力保護妻子和孩子。

對了，順便……也保護這個村子的居民。

「烏爾莎，不要抱著貓跑來跑去。」

「咦～可是——」

「沒有什麼可是不可是。好啦，把牠放回去。還有抱法不對！要溫柔一點！」

鬼人族女孩啊，每次都麻煩妳了。還有，謝謝妳總是給我飯吃。我喜歡魚。

如果可以，能配一點酒就更好了……啊，不，沒什麼。

…………

還沒出生的孩子啊，爸爸會好好努力的。

題外話。

唉呀，那邊的孩子啊。你叫阿爾弗雷德對吧。

暖桌右端是我的位置。找到最佳位置這點值得讚賞，但是麻煩讓出來。

嗯，很乖。你會成為大人物喔。我會保佑你的。順便讓你摸摸我的背。要溫柔一點喔。

再上面一點，對，就是那裡，那裡……哇！烏爾莎！

唔！為什麼一看見我就要發動低空的高速擒抱啊！

呃，確實我們之間有許多因緣……

我道歉，差不多可以原諒我了吧！

異世界
悠閒
農家

Farming life in another world.
Chapter,3
Presented by
Kinosuke Naito
Illustration by
Yasumo
〔第三章〕
和解之春
01.住家 02.田地 03.雞舍 04.大樹 05.狗屋 06.宿舍 07.犬區 08.舞臺 09.旅舍 10.工廠
11.居住區 12.澡堂 13.高爾夫球場 14.進水道 15.排水道 16.蓄水池 17.泳池與相關設施
18.果園區 19.牧場區 20.馬廄 21.牛棚 22.山羊圈 23.羊圈 24.藥草田
25.新田區 26.賽跑場 27.迷宮入口

1 第十二年的春天與小貓

春天到了。

嗯，好暖和。

村子南邊的雪山努力撐著不融化……完全沒變矮呢。算了，應該很快就會矮下去吧。

畢竟冬天時孩子們玩得很高興，讓人有點惋惜。

每年都弄？呃，這樣又太……

嗯～到時候再說吧。

座布團醒了過來，久違地露面。

就在我準備像往常一樣打招呼時……已經被座布團逮住抬著走了。

奇怪？座布團很焦急？

我還以為出了什麼事，結果目的地是村子南邊的迷宮入口。

這麼說來，我還沒把迷宮的事告訴座布團，難怪牠會嚇一跳。

我一邊介紹迷宮，一邊和座布團聊冬天發生的事。

主要是迷宮、傳送門，以及在別處建村的事。還有雪山的事。

座布團對迷宮相當中意，但好像對其中一部分有所不滿，表示需要修正。

呃，這些修正……會澈底變成死亡區域，拜託手下留情啊。

座布團的孩子們也在迷宮裡自由活動。

嗯，可以隨你們高興喔。畢竟你們意外地和迷宮很搭嘛。

唉呀，第三層還沒完工。因為有傳送門設置計畫，很多事要考慮。不要表現得那麼遺憾。

而且還有繼續往下擴張的計畫，所以迷宮建造工程暫且擱置了。

到了春天工作會增加，加上有傳送門設置地點的新村計畫。

什麼時候才能繼續建造迷宮呢。

咦？讓座布團的孩子們建迷宮？

呃，這是無妨……不過做得到嗎？這裡的土很硬喔。

有專精挖洞的品種？蜘蛛會挖洞……我以前都不知道耶。

啊，慢著、慢著。先找露她們確認一下吧。要是和計畫相差太多，她們會生氣的。

和露她們商量的結果，第四層交給座布團的孩子們處理。

雖然上下有限制，不過水平方向怎麼擴張都ＯＫ。

希望大家加油。

我找各村的代理村長確認本年度目標，並且決定生產計畫和要新蓋的設施。

說是這麼說，不過這部分在冬天就已經討論過，所以相當於最後確認。

進行得很順利。

我拿著「萬能農具」的鋤頭，耕起「大樹村」的田地。

仔細一想，這片田地實在很大，但是我已經曉得收穫的喜悅，因此不以為苦。畢竟使用「萬能農具」的時候不會疲倦嘛。

以前需要花很多時間，現在……嗯，差不多一個月就能搞定。我同時也有其他工作要忙，如果專心一點或許能縮得更短。

還在迷宮內部種了豆芽和蘆筍。

當時順便去看了第四層的狀況……這是哪裡的地底遺跡啊？

裝飾下了不少工夫對吧。

競爭意識油然而生，於是我抽空把第一層和第二層裝飾尚未完工的部分一點一點地搞定。

就在我忙著裝飾迷宮時，貓跑了過來。

怎麼啦？這麼慌張……我很快就猜到是怎麼回事，抱起貓回到宅邸。

和我想的一樣，寶石貓快生了。

寶石貓先是在床上走來走去，然後躺下，一會兒後又開始走來走去。

儘管牠看起來很焦躁，我只能在旁守望。

為了以防萬一，我要附近的鬼人族女僕把會用治療魔法的人找來，結果來的是露。

我和貓還有露一起守候寶石貓生產。呃，可以在旁邊看嗎？是不是不要看比較能讓牠安心產子啊？

不過，是貓把我找來的。哪一邊才對？哦！怎麼啦？

寶石貓拉扯床單，把它弄成遮蔽物。

雖然可以待在房間裡，但是不想被盯著看嗎？抱歉讓妳費工夫了。

之後，牠花了六小時左右順利生下四隻小貓。

貓大概很開心吧，熱情地喵喵叫。

小貓啊……雖然眼睛還沒睜開，不過真是可愛。

「我說啊，老公。」

「怎麼啦？」

「你是不是比看到自己的孩子出生還高興啊？」

「咦？怎、怎麼可能，沒這回事吧。」

「真的？」

「那當然嘍。」

可能不小心表現得太高興了。反省。

不過，小貓真的很可愛，這也沒辦法。

更何況，為了新村民增加而開心，這種事沒什麼好顧慮的吧。

寶石貓順利生下小貓，於是出現了問題。

那就是貓和寶石貓的名字。

之前沒有特別替牠們取名，但是為了和小貓們有所區隔，需要有名字。

關於寶石貓的部分，鬼人族女僕們私下喊牠珠兒（Jewel），所以直接採用。

至於貓……該怎麼辦呢？牠的稱呼因人而異，有很多種耶。

不管選哪個都會吵起來吧。

那麼，就取個新的。既然是黑貓，那麼法語就是夏諾瓦爾，德語則是修巴爾茨卡崔……帥氣過頭了呢。之後再決定吧。

小貓們的名字則是討論熱烈。

首先，參戰的人很多。

不少本來以為沒興趣的人，在看見小貓的那一瞬間就成了牠們的俘虜。

於是名字接二連三冒出來。

感覺不管選哪一個都會吵起來，於是我做了一覽表讓貓決定。

……喂喂喂，貓啊。那幾個確實是我寫的，不過你選的名字也太好了吧？

我明白你對自己的孩子有所期待，不過有時孩子會被名字壓垮喔。這樣行嗎？務必用這些？

米迦勒、拉斐爾、烏列爾與加百列。

雖然不壞，但是考慮到不該過度期待，要不要改成米兒、拉兒、烏兒和加兒？

啊，嗯，我知道自己命名缺乏美感。拜託別用那種眼神看我。

小貓的名字。

米迦勒、拉斐爾、烏列爾與加百列。

不過，稱呼時會用米兒、拉兒、烏兒與加兒。

順帶一提，性別還沒確定。小貓的性別難以辨認。

至於毛色，在出生數天後就已經大致看得出來。白、白、黑與雙色。

「這麼說來牠們額前沒寶石……代表是普通的貓嗎？」

「雖然不太清楚寶石貓的生態，不過幼年期很難看得出特徵。」

喔，原來如此。

或許長大之後額前就會有寶石了。

唉呀，就算沒有也別介意喔。能平安長大就好。

「果然比自己的孩子還要……」

就說了是錯覺啦。

2 大樹迷宮

大概是因為座布團的孩子們不分晝夜辛勤地工作吧，迷宮完成了。

村子南邊有當成入口的階梯，往下走就是迷宮。

階梯走到底就是第一層。

這裡是一個大房間，範圍有一百公尺見方。天花板呈圓弧形，最高的地方……差不多有十公尺吧。

房間外牆與天花板的設計靈感來自樹根。

雖然迷宮上方沒有樹，不過我想營造出一棵巨木用樹根包住房間的感覺。

我自認做得相當不錯。

房間裡分別重現了迷宮內會出現的陷阱與外觀，是設計來讓人學習對策和練習的區域。
倘若只是要通過，由於沒有障礙物，可以筆直移動，所以與其說是迷宮，倒不如說只是單純的地下室。通稱訓練房。
最近格魯夫和達尬經常在這裡特訓。
雖然姑且有三個像是隱藏房間的地點，但是分別成了豆芽田、蘆筍田與不太清楚是什麼蘑菇的田。
不太清楚是什麼蘑菇的田原本是我偷閒的房間……這是認命放棄後的結果。
這裡沒用上「萬能農具」耕種，而是座布團的孩子們將迷宮內自然生長的蘑菇拿來栽培。
雖然看起來不適合食用，不過座布團的孩子們把它當成零食，所以應該很好吃吧？
啊，我最好不要吃是吧？原來如此。
管理要確實……小黑牠們吃了也沒問題嗎？

第二層。
「說到迷宮就該讓人迷路」而打造的區域。
石牆、石地板與石天花板。考慮到應該會有許多種族進來，包含這一層在內，每一層的門都設計得很大。
天花板差不多也有個七至八公尺高吧，讓這座迷宮顯得意外地宏偉。

裡頭安排了許多擠得進三十個成年半人牛的大房間，以及塞進五人就顯得擁擠的小房間。

這些房間盡可能以通道相連，形成能夠藉由堵住通道產生變化的迷陣。

某些房間和通道裡還會設置陷阱。山精靈們相當認真，所以很多第一次碰上幾乎躲不過的機關。如果我沒事先交代「不准設計成無法攻略」，大概會成為純粹的殺戮區域吧。

每當有人破解陷阱，山精靈們就會偷偷換掉，所以就連村民也不能對這個區域掉以輕心。真希望每次換陷阱都向我報告一下啊……

咦，不，我確實也曾經擅自弄出房間……是，對不起。

以後彼此都要記得報告與商量。

第三層。

按照德萊姆、哈克蓮與拉絲蒂他們的提議，弄成了龍巢風格。

簡單來說，就類似一間特別著重防守的宅邸。

一開始的設想，是要抵禦來自第二層的入侵者；不過因為傳送門要設置在迷宮裡而有所改變，改成抵禦來自第四層的入侵者。

所以，一下到第三層，就是一處豪華的頭目房準備區。

然後，隔壁的房間就是頭目房。看起來很氣派的謁見廳風格？這裡設計得相當寬敞，就算德萊姆他們變為龍形也沒問題。陌生人利用傳送門來到這裡時會怎麼想呢？我有點擔心。

頭目房之外，則是防衛設施。可以堅守不出，或是躲在裡面對外攻擊。

假想敵是軍隊。

考慮到可能會有上百敵軍從第四層攻來，這一層設計成讓村民能夠待在各個據點堅守。

畢竟第二層是迷陣，第一層是訓練用，地面是村子；這裡應該是防守重點。

村民們也在決定好負責的位置之後，著手將那些地方改良得更適合自己防守。

「有沒有人願意攻過來呀？」

我明白你的心情，但是拜託別講這種聳動的話。

萬一真的有人攻來……希望大家別選擇死守而是逃走。畢竟留得青山在，不怕沒柴燒。

第四層。

以座布團孩子們為中心建造的區域。

令人聯想到地底遺跡的設計風格十分壯觀。

連接下方第五層的地點有好幾個，預定會在這些地方分別設置傳送門。

或許是因為這樣吧，這裡的安排煞費苦心，能夠了解到迷宮的可怕之處。

讓人注意上方卻從下面來，讓人注意下方卻從側面來，實在太狠了。

如果不知道，絕對會上當。

座布團的孩子們會常駐此地，替通行的人帶路。

我想，如果沒有牠們當嚮導，要找到通往第三層的階梯應該相當困難吧。

第五層。

傳送門預定設置在這裡。

傳送門有三個，所以是三個獨立的地點。

不過構造都一樣。

設置傳送門的房間、傳送門管理員的住處與倉庫。

還有群體傳送時會用到的等待區。

這是考慮到萬一發生什麼意外，可以長期停留……不過還沒決定要由誰來管理。怎麼辦？

就這樣，總共五層的迷宮完成了。

第一層和第二層可以利用密道近乎直達，能稱為迷宮的部分實質上說不定只有第四層和第三層……

不過小事情就別在意了。

從地面到傳送門，最快需要約十五分鐘。

我原本在想能不能縮得更短，不過人家以「基於安全考量，這點路程有必要」說服了我。

一旦設置傳送門，小黑的子孫們就得開始在各層巡邏。

替你們添麻煩真是抱歉。如果有人入侵，可以逃跑沒關係喔。

能夠立刻移動到指定的地點嗎？

總而言之完工了……所以試著舉行防衛訓練。

…………

或許把樓梯弄得再寬一點比較好。

畢竟村裡的一半居民會進迷宮嘛。啊，考慮到堅守據點，各樓層也需要糧倉之類的設施吧？增設。

呃…………哈克蓮把守第三層的頭目房？將來想交給火一郎？我替妳準備個人房吧。

第四層由枕頭管理嗎？真是可靠。啊，我也很期待其他孩子的表現。拜託嘍。

迷宮內的小黑子孫們由小黑四指揮啊？

然後游擊部隊的隊長是烏諾嗎？很帥嘛。不過，不可以逞強喔。

老實說，第五層的傳送門管理員，該怎麼辦才好？

假如敵人來襲，這裡會是最危險的地點吧。

而且還得在這裡窩很久……有沒有適合的人選呢？

正當我在思考時，一名山精靈叫住我。

「怎麼啦？」

「迷宮裡許多地方有廁所，那是陷阱嗎？」

「不，都是普通的廁所。畢竟隨地大小便很不衛生嘛。」

「呃……這裡是迷宮對吧？」

「是啊。別在廁所設陷阱喔。那是安全區域。」

「明白了，我這就拆掉。」

這場訓練讓我了解到不足之處，獲益良多。

3 小貓與大樹迷宮管理員

小貓睜開眼睛，開始到處亂跑。

只有睡覺時和喝寶石貓珠兒的母奶時會乖。

牠們精力旺盛，一個不注意就不曉得會溜到哪裡去。

貓和珠兒不斷把想跑遠的小貓逮回來。

小貓大概是不曉得什麼叫恐怖，就連座布團的孩子也會積極去碰。座布團的孩子們不曉得該怎麼對待小貓，只能任憑牠們玩弄。

抱歉啦。

儘管我也有道歉，不過最常道歉的大概還是貓和珠兒吧。唉呀，下一個目標是小黑的子孫們嗎？

可能是因為一不小心就會傷到小貓，所以小黑的子孫們也是任由牠們玩弄。

抱歉，請你們就這樣忍耐一下。

我會做些應該能討好小貓的玩具。

做什麼玩具才好呢？嗯～這種時候就簡單做個逗貓棒怎麼樣？

不對，不是貓和珠兒用的。是給小貓們用的。

……小貓們的反應不太好。為什麼？

座布團來到困惑的我身旁，現場製作老鼠玩偶送給小貓們。

小貓們非常興奮。

又咬、又踢、又拍、又抓……這種東西比較好嗎？有點嫉妒。

小貓們大概是已經玩夠，累到睡著了。

貓和珠兒將小貓們回收。牠們明顯鬆了口氣。雖然短時間之內應該會很辛苦，不過加油吧。

如果有想要的東西……預備的老鼠玩偶是吧。確實，按照那種玩法，感覺很快就會變得破破爛爛。

座布團表示了解，又做了三個不同的玩偶放在睡覺小貓的身邊。

…………

我是不是該練習織些東西啊？不，在我有辦法製作玩偶之前，小貓們應該已經長大了吧。

夏沙多市鎮似乎出了大事。

根據麥可先生的信，似乎是夏沙多的人口增加不少，使得街上變得有些混亂。

我起先還在想怎麼會突然這樣，結果是因為夏沙多大屋頂。

不但東西好吃，還增加了相關產業多出工作機會，所以人進來就不走了。

……相關產業？

這讓我很納悶，不過好像是那些把貨物批發到夏沙多大屋頂的行業生意也跟著變好，所以又是蓋新建築又是人手不足的。

這麼說來，他們還幫忙在近郊建立了大型養雞場呢。

夏沙多大屋頂的員工組成警備隊，保護店家與周圍環境。

員工已經超過一千五百人，所以雖然人手不太夠，卻還是勉強撐得住。

我雖然接到了報告，不過……事情還變得真誇張啊。應該是多虧了馬可仕和寶菈的才能吧。

還有，讓幾乎都不在店裡的我當店長好嗎？

那些不肯離開夏沙多的人，主要是人類國家的船員。

他們好像在船隻離港時拒絕上船，就這麼留在夏沙多。

如果純粹只有這樣，問題會停留在「各船人手不夠」的範圍內；但是人手不夠以至於無法離港的船隻一直占據夏沙多市鎮的港口，似乎開始影響到了交易。

這麼一來也就使得物流有些停滯。真糟糕啊。

信裡寫著「希望夏沙多大屋頂協助解決這場混亂」，但是該怎麼做？

啊，要我們在其他城鎮開分店。

…………實在是沒辦法。太缺乏相關知識了。

我認為夏沙多大屋頂是因為有戈隆商會全面支援，才能勉強維持。

要在無法指望這種支援的地點開分店，不管怎麼想都太早。員工教育也還差得遠吧。

畢竟是麥可先生的請託，我也想盡可能幫忙，卻沒辦法給他正面答覆。

我希望往「開發能買回去的商品與能保久的商品」這個方向去應對，雖然效果或許不大。

晚點試著和露與芙勞她們商量吧。

正當我想著要拜訪東方迷宮的哥洛克族時，南方迷宮的半人蛇族與北方迷宮的巨人族來訪。

現在不是慶典季節呀？

我相當疑惑，結果他們的目的在於「大樹村」的迷宮。

說是務必讓他們在迷宮裡工作。

這是無妨……不過迷宮內的工作是指什麼啊？看見我有些困惑，露幫忙補充。似乎是清理那些自然產生的魔物。

像迷宮這類場所，容易出現小型魔物，如果放著不管有可能叫來大型魔物。

…………

村子的地下室或水井等地方沒問題嗎？有人生活的空間就沒問題？村裡有創造神像所以沒問題。那座雕像是我做的耶……無關嗎？這樣啊。

不過就算出現魔物，大概也會被座布團的孩子們秒殺吧……

仔細一想，我對什麼魔物和魔獸的實在不怎麼了解。

總而言之。

我向半人蛇族和巨人族說明要設置傳送門的事。最糟糕的情況下，可能會有敵人攻來——儘管提到了這種可能性，他們的意願仍然不變。

嗯～和座布團商量一下。

座布團表示沒問題，於是決定採用兩族，請大家選自己喜歡的地方。

半人蛇族的部分也是因為設置傳送門會導致利用半人蛇貨運的機會變少。帶有補償的意味在。

半人蛇族和巨人族都決定以第四層為據點。

兩族似乎都打算先回各自的迷宮召集人手。

這是無妨，不過別弄得太誇張喔。

咦？設置傳送門之後，希望可以將管理工作也交給你們？

雖然是求之不得，不過這樣行嗎？知道了，我會記得將你們列入候選名單。

不過。

你們怎麼會知道大樹迷宮的事？

巨人族表示，他們是冬天來打雪仗時聽烏爾莎說的。半人蛇族則是接到巨人族的聯絡嗎？你們感情變得很不錯呢。嗯，總比吵架來得好。

南方迷宮的半人蛇族、北方迷宮的巨人族，以及東方迷宮的哥洛克族。

西方也有迷宮嗎？改天試著派調查隊出去吧。

還有，用地下通道連接各迷宮如何？有難度啊？

不過，如果能夠連接，移動就輕鬆了。就算積雪也不必在意。

連通地下的方法……只能由我來挖，或是請座布團的孩子們加油嗎？

嗯，列入考量吧。

4 西方迷宮調查隊出發

我坐在無腳椅上讀信時，其中一隻小貓……米兒跑來攀爬我的身體。

腳、肚子、胸口……被爪子抓到有點痛。

原本以為牠會停在肩上，卻爬到了我頭上。你要待在那邊嗎？這是無妨，不過別摔下去喔……不對。不要把爪子伸出來扣著。會痛，別這麼做。對，就這種感覺。

唉呀，烏兒，你也過來啦。看到米兒那樣之後，你也想爬到我頭上嗎？不過，你好像不太會爬耶。

嗯，這會讓我的肚子流很多血，你還是留在那邊吧。

知道了、知道了。來吧，坐到我手上。我把你送到頭上……別在那邊吵架。

在貓來接小孩之前，我和小貓玩了一會兒。

「村長也會受傷耶？」

「那當然嘍。」

……這麼一說才發現，這好像是我第一次受傷？

不過，都是小貓抓傷的就是了。

鬼人族女僕安替我塗上搗碎藥草製成的液體。

「這裡最嚴重。」

還有，貓這種動物是天生的獵人。

「那是米兒從我頭上摔下去，一時情急用爪子抓我胸口弄出的傷。好痛啊。」

牠們會咬我身上比較脆弱的部分。好比說腳趾之間。小貓們或許覺得是在玩，但是牠們不懂得拿捏力道，所以痛得不得了。

之前被小貓們纏上的座布團孩子與小黑子孫們……真能忍啊。找個機會慰勞牠們吧。

「疼愛牠們是沒關係，不過管教也很重要喔。」

「貓有辦法管教嗎？」

「牠們都學會上廁所了，沒問題的。」

這麼說來也對。

教小貓們上廁所的就是安。

「就交給妳……啊，慢著。溫柔一點。別太嚴格喔。」

「……了解。」

日後。

我發現小貓們一看見安就會乖乖坐好。

一號村、二號村和三號村的農活似乎都很順利，沒什麼大問題。

以前二號村報告中那塊收穫量有問題的田，大概是連作障礙。

如果同一個地方總是種植一樣的作物，田地就會一直被吸收一樣的養分，導致那樣作物種不好。

「大樹村」這裡相當於每次都用「萬能農具」從頭來過，所以沒注意到。

要解決連作障礙，就得種植其他作物，或者讓田地休息。

由於還有空地，所以我們決定先讓田地休息，同時嘗試每年更換種植的作物。

還有，試著在太陽下種迷宮薯讓它成為肥料。

成果要等到今年收成時期才會曉得，畢竟是農業，這是理所當然的。

在魔王國則是去年開始實施，已經得到相當不錯的成果——這部分已經收到荷的報告。

如果今年也有所成果，魔王國似乎打算把迷宮薯送給人類國家。

不過，問題在於要怎麼送給對方。

我原本以為只要單純贈送就好，不過他們表示，將支援物資交給敵對國家會出問題。還有，對方似乎也很難老實收下宣戰對象贈送的禮物。真是麻煩。

…………

賣給商人不行嗎？他們應該會自己傳播出去吧？

迷宮薯效果太強，如果不交由國家管理會出事？原來如此。

那麼，把它弄得像重要物資，再讓人家搶走不就好了嗎？

比傑爾一臉恍然大悟的表情。

我們猜測西方應該也有迷宮，於是組織調查隊。

小黑的子孫三十隻，座布團的孩子六十隻。

每隻小黑子孫的背上乘坐兩隻座布團的孩子。

這樣行嗎？沒問題嗎？

牠們回以「包在我身上就好」的表情，我也只能搖旗吶喊了。加油吧。

你們背著的袋子裡有裝食物喔。

啊…………麻煩先等等。

嗯，那邊的小黑子孫，過來一下。抱歉。

我從背袋裡抓出小貓。

你偷偷鑽進去的對吧，真是個調皮的孩子。沒有其他同伴了吧？

…………

雖然沒有其他小貓，卻發現滿心想和調查隊同行的烏爾莎和古拉兒。抓起來。

今天的課程和工作都結束了嗎？唔，居然都好好做完啦？我知道了。

我帶妳們去別的地方，妳們就死了這條心吧。

儘管發生許多事，調查隊依舊順利出發了。

我把逮到的小貓還給珠兒，帶著烏爾莎和古拉兒搭上熱氣球。

目的地是四號村，太陽城。

為了商量搬運與設置傳送門的事。

雖然還沒有決定要連往哪裡，不過已經確定其中一邊會擺在大樹迷宮內。儘管已經收到傳送門運送計畫書，不過我還是想確認一下實際上要怎麼搬運，以及設置的步驟。

啊～妳們兩個。別在籃子裡面鬧。不要把東西往下丟。

古拉兒，妳自己會飛，應該沒那麼稀奇吧？不可以碰那裡。

嗯？那是降落傘。為了以防萬一準備的。

……妳們背起來是想怎樣？不行。真的不可以喔。

5 傳送門的祕密

傳送門已經搬進大樹迷宮，葛沃和貝爾開始設置工作。

傳送門雖然叫做門，不過是裝置。

若要問實際上究竟是什麼樣的東西……

岩石環？

只是擺上大大小小的石頭組成一個環？

啊，仔細一看，石頭上雕著某種文字。

將它們按照正確的規則擺放，最後再裝上起動用的石頭就好……原來如此。

不過，露打算怎麼分解這些東西啊？每一顆石頭……都是普通的石頭吧？最後的啟動用石頭好像是人造物。這個嗎？原來如此、原來如此。

我姑且還是問了一下在旁邊觀摩的露。

「妳想分解的，是最後那顆石頭對吧？」

「是啊。據說那是藏有傳送門一切祕密的零件！啊啊，我想研究。想拿來做很多嘗試……可是，以前從來沒有人成功過。」

老婆的研究狂熱真誇張。雖然我早就知道了。

「村長，已經按照您的吩咐，將它安裝到離運作只差一步。」

「辛苦了。」

傳送門是兩個為一組的裝置。

雖然一邊需要像這樣設置岩石環，不過另一邊很單純。

有個和最後那顆啟動石很類似的石頭，啟動後可以傳送到石頭安放的位置。

換句話說，如果現在啟動，就會移動到傳送門右方約五公尺的地點。

重新設置似乎相當費工夫，所以我不想做些無謂的事。

「只要設置一組就好了嗎？」

他們姑且將三組都拿來了，不過我只要求他們設置一組。

畢竟不曉得會碰上什麼狀況嘛。

剩下的收在宅邸地下倉庫裡嚴加看管。如果是那裡，烏爾莎和小貓們都沒辦法拿來惡作劇。

「總而言之，今天就到此為止。麻煩你們了。」

「不會。那麼要運作時或者要設置其他幾組時，請再呼叫我們。」

葛沃和貝爾一同低下頭……接著他們似乎想起這裡是迷宮，於是原地等候。

「陷阱沒有啟動，放心啦。」

「不能大意。不好意思……」

「我知道了。露，記得要在晚飯前回家。」

「好～」

露留下來調查傳送門，我、葛沃與貝爾則由座布團的孩子帶路離開大樹迷宮。

葛沃就這麼前往宅邸和賀莉喝茶，兩人愉快地聊著養小孩的話題。

雖然這件事不太重要，不過賀莉是不是變年輕啦？化妝？好厲害的技術。

那麼，寂寞的貝爾……小貓們來了。

「哇～好可愛～」

每當小貓活動，貝爾就會大叫。我懂她的心情。

為了不要礙事，我留下貝爾和小貓，自己則回到房間。

原本在我房間仰躺的小黑，連忙起身靠過來。呃，就這樣躺著也行喔。

我坐到無腳椅上，小黑便把下頷擺到我腿上。我摸摸牠的頭，逕自思索。

傳送門。

雖然露說啟動用的人造石很重要，不過那是確定座標用的石頭。

重點在於底下擺放的大小石頭。

這些石頭分開來派不上用場，但是像葛沃和貝爾那樣按照正確規則擺放，就會具有意義。簡單來說，就類似每一顆石頭都是詞語，會按照其擺放的位置形成文章。

關鍵在於下方的岩石環，和確定座標用的石頭一樣雕有編號。

按照葛沃和貝爾的說法，緊急時可以將確定座標用的石頭卸除，藉此讓傳送門無法使用。

似乎有不少因此無法使用的傳送門。關於這點……如果將它們重新啟動，不就又能運作了嗎？

而且上面有寫重新啟動的方法。

所以，只要有岩石環和確定座標用的石頭，搞不好就可以重新雕上編號利用或者自製……

應該沒那麼簡單吧。

小黑把頭抬起來，到稍微有點距離的位置仰躺。

嗯？怎麼啦？啊，接下來輪到小雪了吧。好乖、好乖。

我原本以為能順利設置傳送門的葛沃和貝爾了解傳送門構造，不過他們好像只是精確地重現當年傳送門的樣式。

所以他們不曉得雕在岩石環上頭那些文字的意義。

我看得懂，所以會思考許多有關傳送門的事。

為什麼我看得懂？

能想得到的理由，就是神給我的新手禮包。

在這之前，我從沒為對話和文字讀寫辛苦過。所以，是多虧了這玩意兒吧。

不過，就連用暗號寫成的文字都看得懂是怎樣？會不會太方便了……或者該說，有點對不起努力想出暗號的人。

於是有件事必須思考。

該不該把岩石環上的文字告訴露。

會因為我告訴她，就讓傳送門普及嗎？

魔王、比傑爾與始祖大人等人，都指出傳送門很難處理。

這麼講可能有些誇張，但是傳送門普及，或許會讓世界產生很大的變化。

就因為我把這些事告訴露？

這種責任我扛不起。不，我不想扛。

只要這個村子、村裡的居民，以及與村子有關的人都不會極端不幸，對我來說就已足夠。

改變世界什麼的，我根本沒考慮過。

關於傳送門的文字一事，我是不是該深藏心底呢？

嗯？小雪在頭之後還要肚子？

這是無妨，但是不讓給在排隊的小黑一牠們行嗎？只能一下子喔。

到了晚餐時間，露還是沒回來。

開開心心調查的露。

做了許多假設，因為想拆解傳送門而煩惱的露。

……做不到。

我沒辦法放著完全朝錯誤方向努力的露不管。

我把傳送門上文字的事告訴她。

「這是古代文字耶？你看得懂？」

「看得懂。」

「……咦，等我一下。」

露回到自己房間，拿來石板、水晶與寶石。

「這些也行？」

上頭寫著類似的文字。

「呃……石板是有關外遇的反省文；水晶上不斷冒出人名呢。啊，是名冊吧。說是古萊布魯學園畢業生。寶石……是文字和數字。好像是家計簿。」

聽到我的回答，露當場跪倒在地。

「我長年珍藏的東西……」

抱歉，真的很抱歉。

不，我懂。如果不在乎文字，石板感覺很莊嚴，水晶和寶石則是圖案不斷變化的神奇物品。

看起來很像是某種重要的東西嘛。嗯，抱歉。

咦？以前曾經想解讀它們卻失敗？幾乎都是人名嘛，解讀起來很難吧。

想想看，一來它成了暗號，二來規律又有點複雜。

為什麼我看得懂呢？真是不可思議啊。

之後，我在設置傳送門的地點，為露一一說明那些雕在岩石環上的文字。

奉陪露的研究。

就露來說，她雖然希望重現傳送門，但似乎沒打算讓傳送門普及。

太好了。

萊美蓮來訪。

由於她經常來看火一郎，所以沒有什麼好久不見的感覺。

這回萊美蓮的目的不是火一郎而是我，倒是很稀奇。

「那些飛龍似乎想要和解。」

「咦？」

說到和我有關的飛龍，就是以前襲擊村子那一隻，以及負責與各地通訊的小型飛龍。

既然當年襲擊村子的飛龍已經被我打倒並吃掉，那麼就剩下小型飛龍……

「雖然說要和解，但是我自認沒和牠們起過爭執呀？是對我有什麼不滿意的地方嗎？」

「你在說什麼呀？」

似乎是誤會。

提議和解的，是飛龍種的長老。

他想為那隻飛龍襲擊村子的事賠罪，並且和村子打好關係。

「呃…………首先我有個問題，原來飛龍有智慧……」

「雖然沒有龍族那麼優秀，不過活得夠久的飛龍都具備高度智能。」

由於鬧事的飛龍會遭到討伐，所以長壽的飛龍似乎都很溫和。

然後，牠們似乎早就想找機會為那隻飛龍替村子添麻煩的事道歉，卻一直苦無良機，於是和萊美蓮商量。

「說什麼賠罪，那隻飛龍已經被我解決還吃掉了耶……」

搞不好該道歉的是我。

「聽德萊姆說，你氣到一看見飛龍就想殺掉。」

「哪有這種蠢事……」

我回想自己的行為。

曾經和我為敵的，只有那隻來襲的飛龍。

確實，我對飛龍沒什麼好感，卻也不至於見一隻殺一隻。

真要說起來，我根本沒殺過小型飛龍啊？沒問題，毫無根據。

德萊姆怎麼會對萊美蓮說這種話呢……這麼說來，德萊姆曾經問過我好幾次有關飛龍的事呢。

「村長，你對飛龍有什麼看法？」

「見一隻殺一隻。」

啊…………說過。我說過這種話。

呃，德萊姆問這種事的時候，通常都喝了酒嘛。

我沒多想就順口回答了。難怪會這樣。

該不會，飛龍曾找德萊姆商量過和解時機？這還真是抱歉。

我決定接受飛龍長老的賠罪。

有什麼必須記住的禮儀嗎？

雖然不需要，不過飛龍提出一個要求。

希望在「死亡森林」外見面。

…………

明明是接受賠罪，卻被叫出去？

我感到很納悶，但是根據萊美蓮的說法，飛龍似乎沒辦法在「死亡森林」上空飛行。不是有什麼詛咒或限制，而是實力問題。

襲擊村子那隻飛龍呢？

那隻是特例，戰力能夠和龍族匹敵。

是這樣嗎？

算了，既然有苦衷就沒辦法。

見面地點定為德萊姆築巢的那座山。德萊姆似乎會看時間帶我過去。真是幫了大忙。

與飛龍聯絡後，對方表示過來需要一點時間，所以我決定悠閒地等待。

我試著做了個給小貓用的箱子。因為貓喜歡箱子之類的東西嘛。

考量到安全問題，我沒用釘子，而是用木板拼成的。做得相當不錯。

我替每隻小貓都做了一個。和以前比起來，我的技術也增進了不少。

來吧，小貓們。怎麼樣！

…………

完全不理。

為什麼！大小不對嗎？還是材質？紙袋比較好嗎？

不過，紙是貴重品啊……

貓，不用特意安慰我。對你來說有點小吧？好乖、好乖。

我做個給你用的箱子吧。大小差不多這樣行嗎？

不用太寬敞，稍微擠一點比較好是吧？我知道了。

日後，小貓們窩進了我為貓做的箱子裡。為什麼？

飛龍差不多要到了，所以德萊姆帶我去他的巢穴。

同行者有露、蒂雅，以及一位半人蛇族。

露和蒂雅先不提，半人蛇族是在大樹迷宮內工作的人。

她從某處聽說我要和飛龍長老見面，於是主動表示想同行。

由於不會造成什麼困擾，所以我答應了……她是有什麼話要對飛龍說嗎？

飛龍長老很大一隻。

差不多有龍族那麼誇張。

後面還有尺寸相近的飛龍隊列，全都拜倒在地。

牠們似乎沒辦法化為人類形態。

「尊駕這回願意長途跋涉配合我等，實在是感激不盡。此外，我等更要為了太晚賠罪向您致上十二萬分的歉意。」

飛龍長老的賠罪恭敬到了極點。

不過，內容實在很長。

簡單來說，就是「對不起，飛龍襲擊了村子」。那隻襲擊村子的飛龍似乎是牠們一族裡的異類，特別粗暴。

牠們並沒有因為那隻飛龍被打倒而心懷怨恨，而是希望今後彼此能夠建立良好關係。

我也不想無意義地樹敵，於是接受了對方的賠罪。

當然，條件是今後飛龍不能再對村子造成危害。

「這裡是一些賠罪的心意。對於已經和龍種有所交流的閣下來說，或許會覺得不太夠；然而這已經是我等最大的誠意了。請您笑納。」

飛龍所指的地方，有一座石頭堆成的小山。啊，這是寶石的原石。

既然同行的露和蒂雅相當驚訝，那麼價值應該很高吧。

這份心意讓人很高興，但是希望牠們沒有逞強……

不過，這時候如果不收下賠罪的禮物視同敵對。這點露和蒂雅事先提醒過，所以我收下了。

這麼一來就算完全和解，證人是德萊姆。

飛龍們露出鬆口氣的表情。

之後，同行的半人蛇開始和飛龍們談些私人話題。

老實說，我覺得不必特地來賠罪也沒關係啊？

飛龍們回去後，我和德萊姆提起這件事。

「呃，為了避免被你看見，飛龍種被迫重劃地盤，這點讓牠們相當困擾。」

「是這樣嗎？」

「嗯。因為牠們能生活的範圍不大嘛。特別是你之前還在『鐵之森林』南邊……夏沙多近郊露過臉對吧？連那邊都受到限制，讓牠們很為難。」

「啊，原來如此。不過，飛龍還真清楚我的活動範圍呢。」

「你用來通訊的小型飛龍會報告。牠們相當於飛龍長老的眷屬。」

……小型飛龍還真聰明耶。

還有，我應該沒在小型飛龍面前講什麼奇怪的話吧？

…………

嗯，希望沒事。

不過，這回的事……應該說飛龍會那麼害怕我，都要怪德萊姆問的方法不對。

如果可以，這種問題拜託在我清醒的時候問。

我抱怨之後，他卻說在我清醒時也問過好幾次。

咦？是這樣嗎…………對不起。

7 成長

不知不覺間，小貓已經長成小一號的貓了。

原本可愛的臉帶有英氣。嗚嗚，雖然有點可惜，不過該為牠們的成長高興。

米兒、拉兒、烏兒與加兒。這四隻分別為白、白、黑與雙色的貓，額前開始長出像寶石的東西。母貓的血統似乎很強勢。

寶石似乎會隨著牠們的成長愈來愈大。

這麼說來，把寶石貓珠兒帶回來的是露她們。

事到如今才問雖然有點晚，不過妳們是在哪裡碰到牠的？

闖進非法買賣的現場，當場沒收。

…………

拜託別做些危險的事啊……

然後，寶石貓應該是買賣的商品對吧？沒收人家的商品沒關係嗎？沒關係，合法？那就沒問題了。

小貓們雖然比較常單獨行動了，不過畢竟還是小孩。

睡覺時都會擠到母貓珠兒身邊睡。

一旁，貓顯得有點寂寞。啊，拉兒跑到貓旁邊了。牠似乎比較黏爸爸。

這麼說來，小貓全都是母的。

…………加油吧，爸爸。

始祖大人寄放在村裡的聖女。

其實還待在村裡。

說要安排聖女容身處的始祖大人怎麼啦？

由於我會找他商量傳送門的事，所以他偶爾會露臉……

還要花點時間？進展不如預期？好像很辛苦。

不過，聖女已經不再是客人，而會以村子一員的身分幹活，所以就這麼住下來倒也無妨。

除了酒史萊姆以外，她也開始和獸人族與鬼人族交流了。

但是，如果聖女自己表示想要離開，我不會攔阻。

我所能做的，頂多就是把每天的飯菜做得更好吃一點，讓她比較難開口。

畢竟要是聖女不在了，酒史萊姆會寂寞嘛。

大樹迷宮裡，開始有半人蛇族和巨人族生活。

半人蛇族五人，巨人族七人。

彼此似乎會定期輪班的樣子。

雖然他們表示不需要村裡支援，然而這可不成。

我在居住區分別為半人蛇族與巨人族準備了屋子，讓他們在地面上也能生活。實際上，因為他們不時會來村裡，所以之前就提過要這麼做了。

而且半人蛇族在釀酒季會住下來幫忙嘛。

把房子的事告訴半人蛇族和巨人族時他們哭著道謝，嚇了我一跳。有這麼值得高興嗎？

總而言之，要謝就謝負責大半建設工作的精靈們吧。我只負責蒐集材料而已。

除了半人蛇族和巨人族之外，開始在迷宮裡生活的，還有座布團的孩子們。

今年座布團的孩子們照慣例踏上旅程，但是數量比往年來得少。

理由很簡單。

牠們住進迷宮裡了。我不由得冒出「如果繼續擴張迷宮，是不是大家都不需要離開？」的念頭。

在迷宮裡生活的座布團孩子們，可能是成了迷宮特有種吧，有些進化成前所未見的模樣。

像是細棒狀的針蜘蛛(Needle Spider)、潛伏於迷宮牆壁與地板裡的偽裝蜘蛛(Ghillie Spider)，鎮守特定地點的閘門蜘蛛(Gate Spider)，以及其他許許多多。

露和蒂雅當著牠們面前替我說明，不過兩人在說明時好像有些害怕，是我的錯覺嗎？大家都相處這麼久了嘛。

那隻不久前還住在我房間天花板喔。沒錯，少見地喜歡番茄那隻。進化之後嗜好似乎還是沒變，下次我拿些過來吧。

嗯，其他的孩子也有喔。馬鈴薯行嗎？哈哈哈。迷宮就交給你們嘍。要和半人蛇族及巨人族好好相處喔。

飛龍贈送的寶石原石。

如果不把寶石的部分切割出來並打磨，就只是普通的石頭。不過，村裡沒人具備這方面的經驗。

說起與寶石有關的知識。

若是奇幻故事，應該會輪到矮人出場……但是我們這裡的矮人是專精酒類嘛。

普通的矮人……

嗯，或許會新建村子的移居候選名單裡有呢。雖然不曉得他們會不會處理寶石的原石……

「他們很擅長這種事，交給他們沒問題啦。」

既然多諾邦擔保，那就決定交給他們。

…………

總而言之，等決定要不要建新村之後再說吧。

要是隨便接觸，導致建村變成既定路線就糟了。

改天人家會帶我去看看建新村的候選地點。

等看過之後再說吧。

這些寶石原石就暫時讓它們維持石頭的模樣吧。

阿爾弗雷德，是我這個人類和吸血鬼露的兒子。

之前雖然都沒什麼問題，卻沒出現吸血鬼的特徵。

在我看來，可能是性質比較偏向人類。

不過仔細一想，吸血鬼的特徵是什麼啊？外表幾乎和人類沒兩樣對吧。

……獠牙？露可以讓它伸縮。就這樣嗎？

我檢查阿爾弗雷德的牙齒。

乳牙排得很整齊呢。沒有像獠牙的。沒問題。

吸血鬼還有什麼其他的特徵啊？

如果是我知道的吸血鬼，就會有怕陽光、怕流水之類的……但是在露身上不適用呢。

…………

就當他很普通不就好了嗎？

對於我的結論，露稍微鬧起彆扭。這有什麼關係，反正確定是妳的兒子。

「可是……」

有個讓露在意的理由。

因為我和天使族蒂雅的孩子——蒂潔爾，背上長了小小的翅膀。

雖然她現在還做不到，不過熟練之後似乎可以讓翅膀一下冒出來一下消失。

蒂雅非常高興，替蒂潔爾上起有關翅膀的課。啊～蒂雅，對蒂潔爾來說還早了點吧？

總而言之。

要是露在意這種事，會讓阿爾弗雷德感到沮喪，所以我提醒她要適可而止。

或許只是還沒長出來，別太在意。

剛剛也說過，就算他比較偏向人類，依然是我們的孩子。

「唔、嗯。」

日後。

「阿爾弗雷德少爺似乎在晚上也看得很清楚。」

聽到安的報告，露儘管有所克制，依舊看得出來非常高興。

8 春末大小事

蒂潔爾啪答啪答地低空飛行。我女兒真可愛。

不過，該提醒的還是得好好提醒。

禁止飛得比自己的身高還高。因為摔下來很危險。

其他孩子羨慕地看著會飛的蒂潔爾，不過這點實在是無可奈何。就當成是個人特色，認命吧。反過來說，應該好好努力，學會能夠讓蒂潔爾羨慕的特色。

……大家就這麼接受現實了呢。為什麼？

「因為看多了村裡的居民。」

聽到安這句話，我稍微想了一下就明白怎麼回事。

的確，村裡有各式各樣的種族。這裡不知不覺成了能夠帶給孩子們良好影響的環境嗎？不能大意，繼續守望孩子們成長吧。

我想喝麥茶，卻不知道麥茶的製作方法。

既然叫做麥茶，應該是用麥子做的，不過小麥行嗎？

正確答案是大麥。

似乎是將大麥種子搗碎並烘焙，之後再水煮即可。

高等精靈們知道。

我做了麥茶來喝。嗯，不壞。

如果再多練習個幾次，味道應該就會變得更好吧。這回做得有點濃。這種品質沒辦法分給大家。不得已。

得負起責任全部喝掉……但是量有點多。找人幫忙吧。

「我這裡有非常濃的麥茶，有人想喝嗎？」

我沒說謊。

「好苦……」

烏爾莎喝了一口就放棄。要試著加點砂糖嗎？

我雖然喝麥茶不加糖，但是高等精靈們都是這麼喝的。

她們似乎不是以前就這樣，而是因為住在這個不缺砂糖的村子裡才這麼做。

接著露來了。

「唔……」

她只喝一口，就學烏爾莎加糖了。

芙勞則是直接喝。

「麥香讓人心曠神怡。」

願意幫忙的就這些了嗎？

還剩不少。沒辦法，加熱水調淡吧。

還有，露。麻煩用魔法加點冰進去。

弄得冰冰涼涼的，在運動完畢之後喝應該不錯吧。

村子一角有批人正在訓練，中心是格魯夫和達尬。

半人蛇族似乎也參加了呢。

烏爾莎，不好意思，能不能幫我拿過去？喔！答得好。拜託嘍。

高等精靈們雖然讓人有種都在打獵和建設的印象，不過植物相關事宜也屬於她們的管轄範圍。

塞進被子裡的草和當成衛生紙的草等，都是高等精靈們採集的。

實際上塞進被子裡的草好像會隨季節改變。多年來我都沒注意到。真是抱歉。

這些由高等精靈們採來的草，今年的量似乎有點少。

由於不是什麼稀罕的植物，在這座森林很常見，所以把行動範圍稍微擴大一點好像就沒問題了。

「負擔不會變重嗎？」

「沒問題。而且，近來感覺身手變得有些遲鈍，稍微活動一下正好。」

說完，高等精靈們便全副武裝出動了。

妳們是要去採草吧？為什麼要全副武裝？

「因為草也會抵抗。」

…………

我都不知道。

感謝高等精靈們至今的活躍。

搜索西方迷宮的調查隊回來了。

結果沒有找到。

雖然搜索範圍不算小，不過沒有發現，攜帶的糧食也吃完了，所以決定回來。真遺憾。

啊，不用那麼沮喪。辛苦了。好好休息吧。

啊，要先吃飯嗎？知道了，我這就準備。

嗯……

是西邊沒有迷宮嗎？還是只是沒找到呢？

畢竟只是因為南邊、北邊和東邊都有，才單純地以為西邊也會有嘛。

唉呀，又不是什麼事都能一次搞定。只是這次沒找到而已嘛。

下次有機會再派出調查隊吧。不用急，慢慢來。

實際上，就算找到迷宮，我也不打算拿迷宮怎麼樣。

假如有類似半人蛇族、巨人族與哥洛克族那樣能溝通的種族，我會想和對方見個面。僅此而已。

在搜索西方迷宮之前，應該先和東方迷宮的哥洛克族見面吧？反省。

今年的慶典執行委員會名單已定。

我這次沒有加入執行委員會。

因為還有其他事要忙，像是為傳送門建立新村與夏沙多大屋頂的相關事務。

和去年的武鬥會一樣，由文官少女組主持。

「我們不會重蹈覆轍武鬥會的失敗。」

「不用那麼緊繃。放輕鬆，抱著失敗也無妨的心情去做。」

畢竟我把事情都丟給人家，讓人家太緊張也不好。

反正和上次武鬥會不一樣，芙勞已經歸隊了，應該不至於失控吧……

…………

唉呀，要有信心。擔心這麼多很失禮。交給妳們嘍。

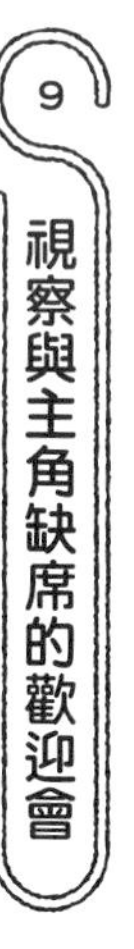

9 視察與主角缺席的歡迎會

比傑爾帶我去看建立新村的預定地。

同行者有露、格蘭瑪莉亞和芙勞。

我原以為會是平地，但是他讓我看的地方，是一塊小山丘上的平坦地帶。

「這裡嗎？」

周圍是森林和小山丘。

「是的。先前已經試挖了幾口井，全都會正常地湧出水來。還有，雖然這裡看不見，不過臺地下方有河川流過，所以水源應該沒問題。」

為我們說明的不是比傑爾，而是比傑爾帶來的藍登部下。

他是這次建村計畫的魔王國方負責人。雖然看起來像青年，但是魔族不能用外表判斷。

…………

我偷偷問比傑爾，得知這人遠比我來得年長。

幸好我沒有倚老賣老。

言歸正傳。

「小山丘底端不行嗎？要是建在上面，交通會不方便吧？」

「下面雖然交通方便，卻很危險喔。」

「危險？」

「因為容易遭到魔物襲擊。」

交通方便，就代表防守不便啊。原來如此。

「這附近有什麼魔物會出沒呢？」

「種類不少，比較常見的是……」

他列舉一堆我沒聽過的魔物。

抱歉，我搞不太懂。我向露確認，這些魔物很危險嗎？

「沒問題啦。」

這樣啊？我鬆了口氣。

小山丘頂部——我們目前所在的位置幾乎是一片平坦。

要闢成田地應該不難，可是水源讓人有點不安。

雖說水井沒問題，不過好像要挖很深。

要開闢田地離河川近一點比較好，所以該選小山丘的山腳？

不過，似乎有魔物會出沒。那麼在山丘的中段？會聯想到梯田或酪農呢。

如果在小山丘頂端蓋起居民們的住家……

「以目前希望移居者的數量，應該能確保充分的生活空間。別說村落，要弄成城鎮也做得到喔。」

「的確，畢竟那片臺地很寬廣嘛。不過，交通依舊是個問題呢。」

「這個嘛，南邊的坡度比較和緩，等到正式開始建村，應該就會著手鋪路。」

雖然想就這麼拜託他，不過目前看來很可能只有這麼一條路。

感覺沒辦法形成一個人來人往的村子。

考慮到建新村的目的是要隱藏傳送門，這樣應該行吧？

唉，外行人想這些也沒用。

這部分就相信魔王國的建議吧。

就在我四處觀看的期間，格蘭瑪莉亞到周圍飛了幾圈。

回來之前解決了數隻魔物。

嗯，看來魔物不成問題。

但是，我沒在這裡做出最後決定，打算回村再說。

我們靠比傑爾的傳送魔法移動到夏沙多。

「新村和夏沙多搭乘馬車約一天可到。正確來說是二十個小時的車程，其中包含六小時的睡眠與休息。如果要趕時間，早上出發傍晚抵達也辦得到。」

藍登的部下似乎已經實際讓馬車跑過好幾趟並加以測量。

辛苦了。

關於新村子的事，這回就先到這裡。

我和藍登的部下道別。

雖然應該可以再聊一會兒，不過他似乎還有工作，所以我也沒辦法挽留。

接下來我們前往夏沙多大屋頂。

由於有比傑爾在，所以順便跑了一趟。總是麻煩他，真不好意思。

如果把傳送門擺在那個村子裡，那麼就算沒有比傑爾和始祖大人的傳送魔法，也能來夏沙多了。

我會想安放傳送門，也是為了他們著想。

久違的夏沙多大屋頂……真是誇張啊。

明明午餐時間已過，卻還是熱鬧無比。賣咖哩的「馬菈」大排長龍。

設攤區的通道人滿為患。

這樣還能正常做生意嗎？似乎可以。

「馬菈」處理人龍的速度相當快，隊伍雖長，排隊時間卻短得驚人。

設攤區雖然通道上很多人，不過規定只有客人才能進入店內。

我詢問休息中的員工，得知戈爾迪在這方面費了不少心思。感謝他。

然後，夏沙多大屋頂南側馬路的另一邊，已經蓋起了馬車站。

路線還不多，但是行駛的馬車很多。

明明班次很多，每輛車上卻都載著不少人。是因為免費嗎？

馬車的乘客大多數都直接走進夏沙多大屋頂。

客人？不，也有設攤區的關係人士。

是補貨嗎？

…………

安排夏沙多大屋頂關係人士專用的馬車怎麼樣？

會引起混亂嗎？

和麥可先生商量一下吧。

這些行駛的馬車，側面畫上了宣傳圖。

大多數都是夏沙多大屋頂的圖，但也有其他的。

嗯…………？

這件事我也拿去問休息中的員工。

「抱歉，那幅畫是？」

「武神格魯夫大人。可以宣傳夏沙多市鎮的武鬥會。」

原來如此。一旁，露和格蘭瑪莉亞拚命忍笑。

別笑成那樣啦。雖然畫上的他美化了五成。

沒笑出來的芙勞真是善良啊。不對。她是笑不出來。

芙勞眼前的馬車，畫著一位似曾相識的女性。

「抱歉，那幅畫是？」

「美容用品店的宣傳。」

「模特兒是？」

「模特兒的詳情就……不過本人親自來到了畫家面前。」

這樣啊。不知道是誰嗎？真遺憾。還有努力學習讀寫吧。

畫上寫著大大的字。

「愛與美的希爾琪涅推薦的阿波羅美容用品店」。

希爾琪涅。是芙勞的媽媽啊。

「那是在我們領地發展起來的美容用品店……有很多我太太的支持者。」

比傑爾小聲這麼說，同時滿意地看著那輛馬車。

嗯，看得出來你很想搭，不過搭上車就看不見圖嘍。

因為圖畫在外面……啊，裡面也是滿滿的希爾琪涅。

「可不可以把這輛馬車買下來呀？」

比傑爾說出很有貴族風範的話，被芙勞修理了一頓。

夏沙多大屋頂即使入夜也沒打烊。

我原本打算晚上就關店，不過在設攤區強烈要求下，變成營業到深夜。

賣咖哩的「馬菈」等部分店鋪會打烊，但是設攤區很熱鬧。

感覺就像酒館一樣。

雖然到了天亮時分大半的店都會關門，不過現況就類似二十四小時營業。

「馬菈」也只是打烊沒賣咖哩，仍有晚班人員忙著進貨等工作。

儘管對他們不太好意思，我們依舊在旁設宴。

參加者有我、露、格蘭瑪莉亞、芙勞、比傑爾，戈隆商會有麥可先生、馬龍、提特、蘭迪、米爾弗德、戈爾迪與他的幾位部下。

主角是馬可仕和寶菈。

還有兩人帶來的幾名員工。

他們似乎是預備幹部，或者說工作內容已經和幹部差不多了。

連夏沙多代官的兒子都在裡面，讓我有點驚訝。請多指教。

不過，旁邊的是……之前在店裡鬧事的男子？好像是。他再次向我賠罪。

由於比上次見到時穩重許多，讓我一時認不出來是誰。

……犯過的錯不會消失。然而，可以靠今後的努力挽回。

聽說你為了店做了不少事。今後也要好好加油。

麻煩的部分差不多就這樣，接下來我們聊些比較愉快的話題。

「東邊快要完工了。原本打算在春天到來前完成的，實在是非常抱歉。」

原本以為要聊些愉快的話題，麥可先生卻開口道歉。

不不不，我覺得已經夠快嘍。

夏沙多大屋頂隔著馬路的東邊，預定要開設旅店和學堂。

我原本以為需要招募旅店負責人與學堂講師，不過在文官少女組、露與蒂雅的號召之下，似乎已經募集到不少人。

這些人對建設中的設施提出許多修正與追加方案。

似乎是為了處理這些要求，才導致建設進度落後。

反正金錢方面沒有問題，時間上也不急，希望大家慢慢來。

順帶一提，我還沒見過這批募集到的旅店負責人與學堂講師。

原本想在入夜之前碰個面，不過聽到修正與追加要求之後，露和芙勞決定私下和他們談談。

和我見面似乎可以之後再說。

但我今天來到這裡的目的，就是要和這批人見面啊……

何況這場宴席的名義是歡迎會嘛。

不過，能看見馬可仕和寶菈這麼有精神也不壞。

…………

傳送門一旦裝好，兩人要回一號村會方便許多。

呃，雖然他們或許對一號村已經沒什麼留戀……

因為喝了酒，所以我不小心說溜嘴被馬可仕和寶菈聽到，結果兩人當場跪下向我道歉。

「我們的靈魂與一號村同在。」

咦？啊，你們有這份心我很高興，但是不需要道歉喔。反而應該怪我亂說話。反省。

我向馬可仕和寶菈道歉之後，談起有關新商品的事。旁邊麥可先生和馬龍的耳朵不停抽動，讓我不禁笑了出來。不要客氣，我希望你們也加入討論。總而言之，接下來我想弄披薩……

閒話　藍登的部下

一名只想適度工作並得到相應評價的極普通內政官員。這就是我。

我的名字？別在意。反正來往時間不會長。

不過，請記得我是藍登大人的部下。

出人頭地的慾望不強。

那麼，這樣的我，接到了藍登大人的特別命令。與魔王大人也有關聯的案子。如果做得好，出人頭地應該有望。

內容……應該算不上難。理所當然的工作。於是我欣然接受。

不過，有一點令我很在意……藍登大人，您在挑人的時候是抽籤對吧？

而且，嘴裡還嘀咕著「抱歉」……

為什麼？工作內容是招村對吧？從頭開始建立新村子很辛苦，不過這份工作只是協助想要建村的人而已。

雖然事前可能多少需要做些調查，但我覺得應該沒那麼辛苦。

我馬上就明白了。

明明還在選擇建村地點的階段，卻湧來大量想要移居的請願書。真的很多。

原來如此。這就是藍登大人道歉的理由嗎？

我稍微瞄了一下，發現裡面夾雜了大人物。

這個人是現役領主對吧？居然想搬到村子裡住，他是認真的嗎？啊，如果允許移居就要退休。

原來如此、原來如此。

我向藍登大人報告並商量此事。

藍登大人抱頭叫苦。請加油。

那麼，我就繼續看這一大堆請願書……拜託別追加新的。我的心靈會撐不住。

…………

嗯，沒辦法。我判斷一個人做不到，請藍登大人補充人手。

要是逞強導致失敗，那可就得不償失了。

很快就來了兩個人。不愧是藍登大人。

不過，來的人能用嗎？我的辦公桌前，站了兩位前任四天王。呃，歡迎光臨。

這兩位前任四天王，在魔王國是連小孩都認識的名人。

對我來說是比師父還要偉大的人。

這兩人為什麼會在這裡？呃，我最近有看過他們的名字就是了。

兩位送了請願書過來對吧。是因為我向藍登大人報告才來這裡？來抱怨？

呃，這種事總不能不報告……那些不重要，把請願書給你們看？呃～在這裡。

不愧是前四天王之二。

堆得像山一樣的請願書，他們一份一份地審查、挑選。真是幫了大忙。

雖然幫了大忙……那個，不用討論一下審查標準之類的嗎？

別在意？是，我不會去在意。

不行，辦公地點被搶走了。

總而言之，我向藍登大人報告並商量此事。

……………

不在？逃了？哈哈哈，怎麼會……我、我相信您喔！

求求您回來啊！

如此這般，我前往要建村的地點。

有大約二十名護衛，以及十人左右的調查員同行。兩位前四天王也一道。

實在很難工作。不過要保持微笑，不能忘記笑容。

好的，請兩位稍等一下。請不要擅自決定大道與宅邸的位置。

這部分已經有人叮嚀過別碰。

話說回來，真的是這裡嗎？兩位說知道，所以我才交給兩位，不過這裡是兩代還三代之前的魔王大人為了建造祕密基地準備的地點對吧？

雖然說，到最後還是沒建成而放著沒管，然而這裡應該是相當重要的據點吧？傳說中，以前要進行極機密作戰時，會把部隊藏在這裡喔。

別在意？是，我不會去在意。

至於非調查不可的部分，就是水源和……那邊有河川？而且有好幾個能用的水井？兩位以前經手過相關事務是吧。原來如此。

不過，還是得試挖才行……好的，包在我們身上。於是我拜託同行的調查員試挖水井。

我原本以為挖井會很辛苦，結果人家用土魔法挖。真是厲害……啊，魔力用完了？大家輪流上陣，到了第五人才挖足預定的深度。

水出來了。再來就是確認能不能喝……

我把叫做米特魚的小魚放進從井裡打上來的水。

如果米特魚能活過三天，這些水就能喝。反過來說，三天內死亡代表不能喝。

儘管需要花點時間，不過在調查範圍較廣時常會使用這個方法。

那麼，我們預定要挖四口井……還能再挖一口嗎？不行？我知道了。

準備紮營吧。

各位護衛，能不能幫忙找個適合紮營的地方？

我們在現場野營大約十天，調查了不少東西。

還駕著馬車駛向包含夏沙多在內的鄰近聚落，確認需要花多少時間。

這似乎是最重要的部分，我們做得很小心。

途中還多次遭到魔物襲擊。

雖然全都擊退了，不過好恐怖。我不適合戰鬥。

受傷的護衛還好吧？不愧是精銳呢，剛剛的攻擊真漂亮。

還有，兩位前四天王真是厲害。兩位以前不是負責內政的嗎？啊，是，我不會去在意。

不過，沒想到會冒出這麼強大的魔物……在這裡建村沒問題嗎？

就算建村地點沒問題，通往村子的路上還是很危險吧？沒問題？不需要在意？

還有，兩位對這件事了解多少呀？不，我不會去在意就是了。

我和克洛姆伯爵會合。

克洛姆伯爵和藍登大人一樣，都是現任四天王之一。

他會使用傳送魔法，但這次特地為了我和調查隊出馬。

一般來說根本不可能有這種特別待遇。

然後呢，截至目前為止碰上的狀況，讓我弄清楚了一些事。

就是這份工作的重要性以及危險性。

看來非得繃緊神經不可。

是我繃得還不夠緊嗎？

那是露露西。吸血公主露露西。是本人。好厲害。感謝上天。

啊，她是建村者的太太？結婚了？露露西有丈夫？

然後，旁邊那位是撲殺天使之一？護衛？撲殺天使的護衛對象就是那位丈夫？這樣啊。

呃，那麼最後一位小姐是……克洛姆伯爵的千金對吧？咦？妳也是那人的太太之一？

呃……這位叫村長的人究竟是什麼來頭？

…………

不能多想。我的本能在大喊「不可以去想」。

人家問什麼，我就老實地回答什麼。

唉，這種時候為什麼兩位前四天王不在？

你們應該能說明得比較清楚吧？突然躲起來……

不，負責人是我。由我說明。

這附近的魔物種類？喔，有很多凶暴的魔物喔。很可怕吧？沒問題？這樣啊。

對方回答得若無其事。

嗯，如果不是這種人，就沒辦法在這裡建村吧。

而且那位撲殺天使，還打倒了幾隻冒出來的大型魔物。

這種魔物可是二十名護衛拚了命才好不容易趕跑的耶。

而且有很多人受傷。差距還真大。

咦？村長先生也是那間夏沙多大屋頂的店長？

啊哈哈，真是抱歉。我已經吃飽了。

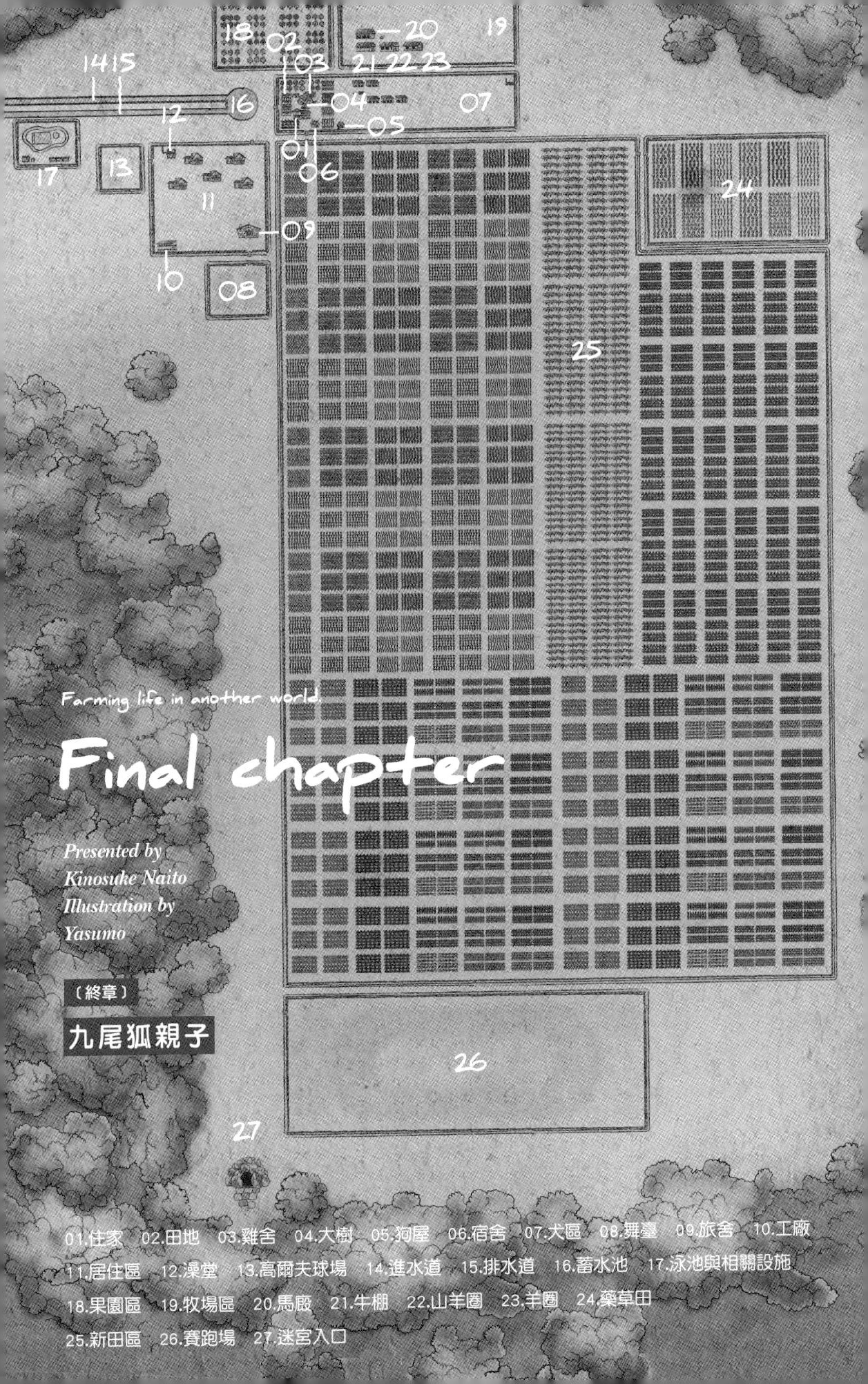

Farming life in another world.

Final chapter

Presented by
Kinosuke Naito
Illustration by
Yasumo

〔終章〕

九尾狐親子

01.住家　02.田地　03.雞舍　04.大樹　05.狗屋　06.宿舍　07.犬區　08.舞臺　09.旅舍　10.工廠
11.居住區　12.澡堂　13.高爾夫球場　14.進水道　15.排水道　16.蓄水池　17.泳池與相關設施
18.果園區　19.牧場區　20.馬廄　21.牛棚　22.山羊圈　23.羊圈　24.藥草田
25.新田區　26.賽跑場　27.迷宮入口

1 閒聊與誕生

會議的休息時間。

文官少女組正在聊天。

「如果要決定這個村子的四天王，會是哪些人啊？」

「這個嘛。首先，確定會有露小姐和蒂雅小姐對吧？剩下的……哈克蓮小姐和拉絲蒂小姐嗎？」

「龍不算犯規嗎？」

「如果要這麼說，露小姐和蒂雅小姐也算是犯規吧？」

「啊……的確。不過，這麼一來吸血鬼、天使族與鬼人族就不行了呢。」

「我覺得蜥蜴人和惡魔族也不行。」

「那麼，只剩矮人、獸人族、半人牛族、半人馬族，以及我們這些文官少女組了吧。得從這裡面挑出四天王才行。」

「說是矮人，不過多諾邦先生他們是長老矮人耶。任何國家都能自由往來的傳說種族。」

「雖然看起來只是一群愛酒的大叔。」

「哈哈哈。裡面也有一部分是女性，注意一下發言。」

「唉呀。」

「言歸正傳……獸人族選格魯夫先生，半人牛族選哥頓先生，半人馬族選古露瓦爾德小姐，文官少女組則選芙勞大人這四人如何？矮人很遺憾歸類在犯規區。」

「芙勞大人算進文官少女組裡行嗎？」

「她相當於我們的代表吧？沒問題啦。」

「這樣啊。啊，等一下。格魯夫先生在魔王國好像被稱為武神喔。」

「這麼說來好像是呢。我也曾聽說過。」

「不算犯規嗎？」

「也對。那麼，把格魯夫先生除外……加特先生？」

「乖乖選賽娜小姐不好嗎？」

「的確。那麼，村裡的四天王就是獸人族的賽娜小姐、半人牛族的哥頓先生、半人馬族的古露瓦爾德小姐，還有芙勞大人。」

「……和一開始的露小姐、蒂雅小姐、哈克蓮小姐與拉絲蒂小姐相比，衝擊性不太夠耶。」

「因為四天王著重內政層面嘛。」

「賽娜小姐之前是不是打倒了葛拉茲大人？」

「不可以在意這種事喔。」

似乎有了結論。

不過……我有個小疑問。不列入小黑牠們和座布團牠們就算了；高等精靈、半人蛇族和巨人族呢？

「一開始就住在『死亡森林』裡的人不算。」

這麼一來，連我也不行嗎？

要是由我來決定四天王……大概是小黑、座布團、露與蒂雅吧。

單純按照來到村子的順序。畢竟他們為了村子辛苦很久嘛。

雖然一開始就在，但我不會把自己算進去。這點謙虛我還有。

就在我思考這些時，文官少女組的會議似乎又開始了。

我為了不打擾到她們而轉移陣地。

會議要談有關今年慶典的事，所以要參加也行，但我現在沒這種心情。

其實從夏沙多回來的數天後，我接到了緊急聯絡。

說是賽娜快生了。

原本預定還要再過一陣子，差不多會等到慶典結束前後，所以算是提前了。

我把接生的事交給惡魔族助產師們與賀莉，不過已經過了六小時。好像還需要點時間。

…………

不做點事會靜不下來。

嗯~替小貓們做玩具好了。

貓塔。

小貓們不屑一顧。

沒關係，反正我早猜到可能會這樣。珠兒，不用顧慮我沒關係。

好好好，米兒在頭上，其他在腿上……啊，腿上是小黑啊。

我和小黑、小貓們玩了一陣子後去洗澡，隨即接到了報告。

賽娜順利生產，好像是個女孩。

獸人族賽娜的孩子，名叫賽緹。

獸人族的孩子一出生就有獸人族的特徵呢。

儘管我早已曉得，卻沒有實際體會過。她和賽娜一樣是犬系獸人。

母女均安。順帶一提，名字是賽娜取的。

雖然我沒有要抱怨的意思，不過母親的血統真是強勢。

露和蒂雅也是。

我想，莉亞她們、安、哈克蓮和芙勞大概也一樣吧。

這個世界是以母親的血統為優先嗎？還是我的血統比較弱勢？我不會介意啦，只是會在意。

不，只要孩子平安出生、順利長大就是萬幸。

畢竟我當初就是因為患病才倒下的嘛。雖然已經被神治好了。

這樣或許比讓我的血統鮮明要來得好。儘管會有點寂寞。

每年都有許多剛滿一歲的座布團孩子踏上旅途，不過會有一部分留下。

沒有到了兩歲才遠遊的。

所以，留下來的裡頭，比較年長的已經待了十年。

年長的孩子不在少數，好比說枕頭。

不過，長大到這種地步後，大概是有所顧慮吧，往往會在樹上或森林中活動。

即使出現在大家面前，也是因為擔任一號村、二號村和三號村的護衛指揮官。牠們很低調，不怎麼引人注目。

不過，近來比較大的個體突然變得顯眼了。

我想多半是迷宮帶來了很大的影響。

可能是長大到一定程度的個體住進迷宮裡，適應環境產生了變化吧。

也開始出現了比座布團還要大的個體。

而且牠們和扁平的座布團不一樣，很有立體感，所以顯得更大。感覺就像一塊大岩石。

不過，就算變大了依舊會舉起前腳打招呼，和以前一樣可愛。

是重視力氣嗎？啊，速度也很快呢。原來如此。

這種個體共有十隻。

大概是因為牠們偶爾會到迷宮外透透氣轉換心情，才感覺比較顯眼吧。

然後，還有一隻更為特殊的。

「村掌。」

牠的身體約有兩公尺見方，頭的位置換成了人類女性的上半身。

這是叫阿拉克涅（Arachne）？雖然話講得還不夠流暢，不過有愈來愈好。

畢竟一開始就像慘叫一樣嘛。

還有，她會好好穿上衣服。上半身裸體有點……這樣對孩子們的教育也不好，只能請她委屈一點。

「怎麼啦？」

「座布團、大人……」

「啊，不必勉強開口沒關係，用平常的手勢。」

聽到我這麼說，阿拉克涅老實地點頭，然後揮動蜘蛛腳。

似乎是座布團叫我。

「知道了。今天是烏爾莎嗎？還是古拉兒？」

牠似乎幫忙逮住了想溜去森林的小孩。

啊，兩個都有分啊？給妳添麻煩了。

「說話慢慢學就好，別急喔。」

「好的、非常、感謝……您。」

我去領烏爾莎和古拉兒，阿拉克涅則是揮舞蜘蛛的腳與人類的手向我道別。

阿拉克涅是種族名，得替她想個名字才行呢。

弄份清單問問她想要哪個吧。

2 阿拉克涅與地龍

阿拉克涅的名字決定了。

阿拉子。

……我知道，別用那種眼神看我。

提供選項的是我，然而決定的是阿拉子。

不過，阿拉克涅阿拉子。

簡單易懂吧？不行嗎？呃，別用那種死了心的眼神看我。

拉絲蒂，不需要因此決定由自己替即將誕生的孩子取名字吧？

這個嘛，雖然我沒什麼信心，不過還是希望有人來問我意見啊～

阿拉子主要在迷宮內活動。

她和半人蛇族、巨人族也相處融洽。沒有任何問題。

什麼？想養新魔物？在迷宮裡？不會危險嗎？沒問題？真的？嗯～可是啊……

如果半人蛇族和巨人蛇族答應就放行。這樣可以嗎？好。

對了，實行前先說一聲喔。拜託嘍。真的拜託嘍。

不過，養新魔物啊？

阿拉克涅是這種生物嗎？

這麼說來，當初帶蜜蜂回來的就是座布團的孩子呢。或許牠們這個種族喜歡照顧別人。

提起蜜蜂讓我想到，今年春天我也做了幾個新的巢。

由於相當密集，所以我原本擔心地盤劃分之類的會不會出問題，不過沒事。

蜜蜂們進一步提出要求，表示跟巢比起來牠們更希望花多一點。

所以我在果園區北邊闢了一片大約兩百公尺見方的花田區。

我不在意花的種類，只想著要漂亮的花，把一切交給「萬能農具」。

那是早春的事。

此刻，花田裡有各式各樣的花朵綻放。

…………

向日葵旁邊有薊花、繡球花、牽牛花、薔薇、油菜花……

就算只看那些我知道名字的花，也沒有半點季節感呢。

不過，工蜂們似乎覺得沒差，依舊飛來飛去到處採蜜就是了。

花田裡的小黑子孫們有種和平的感覺，真是太好了。

文官少女組變忙碌了。

感覺得到慶典將至。

不過，我忙著和夏沙多的麥可先生通信。由於學堂和旅店漸漸有了樣子，所以得把細部要求告訴他才行。

我希望開幕前能留個幾天去現場下指示。旅店則提前一個月開始員工訓練……唉呀，想太多了。

這種事與其由我來，不如交給麥可先生或是了解工作內容又會待在現場的人。

畢竟我不清楚這個世界的標準嘛。

…………

應該有員工訓練吧？

在這個世界，店家與員工的關係是採用學徒制。

用我所知道的詞彙來說就是「丁稚奉公」。

員工會住進店裡或通勤，一邊幹活一邊學習怎麼做事。

由於「能夠學習工作內容的環境是財產」，所以新人時代幾乎領不到薪水。

想領薪水，要等到能夠獨當一面為止。

不過，老闆會負責照顧員工的生活，所以不會挨餓。

店家幾乎都是這種感覺。麥可先生的店也是。

換句話說雖然有員工訓練，卻非常花時間。

而且，沒有什麼店家願意放走培養這麼久的員工。

員工也因為終於學會怎麼做事而能夠領到薪水了，不會想更換職場。

所以，目前旅館員工幾乎都是外行人。

……令人不安。

如果馬可仕和寶菈能夠負責教育倒還能安心點……不過店裡很忙嘛。

嗯，還是我去那邊教吧，就算只有一週也無妨。

好，決定了。

就請比傑爾或始祖大人送我過去。

慶典的季節也近了，稍微找一下或許就能找到其中之一。

我站起身，和小黑四目相接。

要出門嗎？

拜託別用那種表情看我。這是工作。

小貓們列隊站在小黑身邊，以和小黑一樣的表情看著我。喂喂喂。

妳們平常不會這樣列隊吧？為什麼突然變得這麼可愛啊？

…………

知道了。

我不出去。

把員工叫來「大樹村」吧。

就像鍛鍊馬可仕和寶菈那時一樣，替他們特訓。

我把大意寫在信裡。

日後。

麥可先生在回信裡寫道：「請別做這麼殘忍的事。」

…………為什麼？

又過了幾天，我接到「已經確保了幾位從事過住宿業的人，請安心」的聯絡。

呃，有人能教是很好……不過是怎麼確保的呀？

希望沒有勉強人家。

改天去夏沙多時問問吧。

阿拉子把魔物的小孩帶進迷宮。

事前有徵求過許可，所以我沒有意見。

那是一種很像蜥蜴的魔物，人稱迷宮行者。

全長差不多有一公尺耶，小孩？長大之後會變多大？

莉亞說她雖然不清楚詳情，不過記得有看過二十公尺左右的。

……

我原本想叫阿拉子把牠送回去，可是阿拉子盯著我看，讓我說不出口。

要好好養喔。不可以因為長大了就把牠丟掉喔。

然後，這個迷宮行者？背後還藏了一隻呢。

不是一隻？還有十隻？喔，尺寸稍微小一點的嗎？十公分左右啊。

……

那個一公尺左右的該不會是父母吧？不是，是小孩？我想也是。嗯，我只不過是試著把期望說出口而已。

就按照莉亞說的，做好牠長到二十公尺的心理準備吧。如果迷宮太窄還得擴張才行呢。

總而言之，要好好相處。不可以吵架喔。

迷宮行者。

具有夜視能力，不止能在迷宮地板上爬行，還能沿著牆壁或天花板移動，藉此接近入侵者的蜥蜴型魔物。

優秀的個體會使用魔法，似乎還有冒險者稱牠為迷宮裡的死神。死神？明明這麼可愛耶。

「在特定地區裡還會稱牠為地龍（Grand Dragon）喔。」

莉亞補充道。

「是龍族嗎？」

「不，和龍族無關。」

我想也是。

不過，和迷宮行者相比，地龍喊起來比較簡單。

儘管我想這麼喊，但是會不會影響到哈克蓮和拉絲蒂的心情……不在意是吧。

太好了。那麼就叫牠地龍。

好啦，貓咪們，不要欺負地龍。想想身體變大之後會怎麼樣吧。

3 走鋼索

慶典日，魔王和優莉、藍登、比傑爾、葛拉茲、荷一起來訪。

一如往常的陣容。

「今年的慶典看起來很和平，真不錯耶。」

「哈哈哈，每次都很和平喔。」

這是魔王和替他帶路的文官少女組之間的對話。

看見路過的阿拉克涅──阿拉子，讓魔王一行人嚇了一跳。

始祖大人、德萊姆與德斯已經到場。

萊美蓮前幾天就來了，正在和火一郎玩。火一郎完全成了一個黏外祖母的孩子。哈克蓮則是心境複雜……看來沒有。感覺反倒樂得輕鬆？

不，是忙著照顧讓人費神的烏爾莎和古拉兒吧。畢竟一個不注意她們兩個就會溜掉嘛。或許村子對烏爾莎和古拉兒來說太小了。

她們兩個總有一天會離開村子吧？古拉兒有火一郎在，大概不會走。

烏爾莎……誰知道呢？應該要等她再大一點才會曉得。

雖然會寂寞，不過到時候得好好送別才行。

總而言之，現在要先逮住她們兩個。

「烏爾莎、古拉兒！妳們手上拿的是什麼！」

呃，不用回答我也知道。

那是用來招待客人的餐點之一。

這道菜從剛才就一直被送往阿爾弗雷德和蒂潔爾在的小孩席。

一兩次還可以放過，第三次實在不能當作沒看見。

明明有準備你們的份吧？不能再多了，吃過頭嘍。

還有，不要老是瞄準甜食。

要吃就吃這個。豆芽很好吃喔。不要噓我。

一號村、二號村、三號村、四號村，以及溫泉地的死靈騎士與獅子。

然後半人蛇族與巨人族抵達，慶典開始。

今年的內容，是很單純的走鋼索。

用圓木、木板和繩索等物品組合成賽道，看看參加者能在上頭走多遠。

不能用手或是飛行。

賽道分成五種。

小孩賽道、一般賽道、巨人賽道、半人馬賽道與專家賽道。

如果能走完，我就會頒發一枚獎勵牌。

每條賽道一開始都很簡單，但是後半會有很大的起伏，看起來很難走完。

而且，山精靈們都在注意賽道後半，那邊應該有機關吧。啊，果然有。

會有人通過嗎？

座布團牠們在賽道下方拉起絲線，就算摔下去也不會有事。

不過，納入這個安全措施讓整個賽道的位置變得偏高，所以相當恐怖。

一般賽道的第一棒是獸人族女孩，她顫抖著……沒發抖耶。她全力往前衝。

好，停！暫停！

「村長，怎麼了嗎？」

「禁止穿裙子，要大家改穿長褲。」

於是變成這樣了。

每一條賽道都洋溢著緊張、興奮與笑聲。

沒人受傷真是再好不過。

小孩賽道，烏爾莎與古拉兒通過。

她們直接用撞的突破賽道後半的機關，顯得相當英勇。

雖然負責機關的山精靈抱著頭……

一般賽道，魔王通過。

似乎是多虧了藍登與比傑爾先前挺身而出揭露機關。

除此之外，再加上優異的平衡感與受過鍛鍊的肌力。該說不愧是魔王吧。

巨人與半人馬的賽道，無人通過。

兩族似乎都不太習慣走在狹窄的地方。

往往在前半段就踩空了。

我原本以為半人馬族應該會表現得再好一點，但是先不管前腳，很多人後腳踩空。畢竟看不見嘛。

在專家賽道上，莉亞等高等精靈表現優異。

途中有個必須拿武器戰鬥的機關，蜥蜴人們在此出局。

機關順利運作令人高興這點我懂，但是別表現得太開心。

雖然啟動後不需要重新設置的機關的確很厲害。

半人蛇族如果能用蛇的部分纏住賽道就輕鬆了，不過規則禁止這麼做。

必須讓蛇身位於賽道上，難度很高。

踏腳處很重要呢。

通關者是酒史萊姆。

…………姑且還是討論一下。

太陽下山後，直接和往年一樣開起宴會。真是和平的慶典。

嗯，這樣應該就行了吧。

我去找小貓們……卻發現牠們黏著荷和德萊姆。連魔王也有分？真令人嫉妒。

啊啊，我知道。我還有小黑們在嘛～乖乖乖～

好好好，露也很重要喔。蒂雅也是。格蘭瑪莉亞也是。剛才摔得很誇張，還好嗎？都是因為妳連短距離也用飛的。別忘了也要練習走路。

順帶一提，我也有挑戰一般賽道，不過到頭來只是提供魔王情報。真不甘心。

我一邊享受慶典的氣氛，一邊想著差不多要到預產期的拉絲蒂。

拉絲蒂不能喝酒，所以宴會一開始就回家了。

有布兒佳與史蒂芬諾跟著所以能放心。

雖然人家說龍族懷孕時脾氣會變差……不過她看起來很平靜。

是不是講得太誇張啦？

不過德斯和德萊姆講的時候一臉認真，所以我相信他們。

我和賽娜利用這次宴會，向大家介紹賽緹。

雖然「大樹村」應該已經人盡皆知了，不過要向其他村子和半人蛇族、巨人族、來賓介紹。

請多指教。她是個很有活力的女孩。不會嫁人。

晚風可能會帶給嬰兒的身體不良影響，所以早早撤退。

我送賽娜和賽緹回家。

途中，我把打算讓賽娜父母看看賽緹的事告訴賽娜。

不過，賽娜反對帶孩子過去。

我原本以為是不想勉強賽緹出遠門，結果不是。

就立場上來說，孩子出生後帶去給人家看，是地位比較低的人才這麼做。賽娜認為我的地位高於好林村的村長，如果要讓他們看賽緹，應該把他們叫來。

是這樣嗎？

怪了？不過，這麼一來芙拉西亞那次，不就不該帶孩子去見希爾琪涅了嗎？呃，雖然我沒有打算分什麼地位高低就是了。

「比傑爾大人已經先來看了，所以沒關係。」

這樣就行啦？

不過，這方面的文化不能輕視。

讓人家瞧不起我沒關係，讓人家瞧不起村子可就不好了。

一點一點地學吧。

慶典之夜就此過去。

隔天早上。

「魔王啊，把米兒還來！」

「我拒絕！這孩子要當我們家的小孩！」

進行了一場從魔王手裡奪回小貓的戰爭。

閒話　消失的未來

我以前就經常作同樣的夢。夢到很多次。

夢的內容很簡單。魔王對四個部下下令的場面。

我則是在旁觀看的角色。是祕書嗎？

魔王雖然不是現在這位魔王大人，但是不知為何我曉得他就是魔王，而且神情非常恐怖，很有魔王的感覺。

命令也都是什麼破壞與殺人一類凶狠的內容。

以前我作了這個夢，往往會哭出來。不過，現在已經不怕了。

因為我發現，這個魔王長得和我認識的人一模一樣。

那位熟人是基爾史派克先生。

他是夏沙多市鎮代官的兒子。還是長子。很厲害對吧。

第一次看見他時，我還因為「他就是那個恐怖的魔王！」而嚇一跳；不過現在沒事了。

他很認真地在店裡幫忙。

啊，不過，以前他好像有點壞。呵呵。

可是看他幫忙餵小孩子吃飯的模樣，完全沒辦法想像他以前是壞人呢。

夢裡出現的四個部下。

應該就是四天王，不過這四人我也都認識。

第一個就是那位武神，格魯夫大人。

我當時溜進武鬥會會場偷看……好厲害。

他用木劍一招就撂倒那些總是很囂張的討厭傢伙。真是痛快。

然後就這麼贏下優勝。記得在夢裡他號稱武王呢。我覺得武神比武王適合。

另外一個是阿夏先生。

他在店裡做過許多菜，是一個很厲害的人。

偶爾他會讓我吃試做品……不過大概十次會有一次非常難吃。

雖然其他九次非常好吃，不過那一次會讓人非常害怕。

儘管他似乎有先品嘗過，不過好像在嘗試錯誤的過程中變得吃不出味道了。

我曾經不怕死地吃過剩下那一次，讓阿夏先生記住了我的長相。

記得在夢裡，人家叫他美食王。

啊，可是夢裡那個美食王很胖，而且自己不下廚都叫部下動手。和阿夏先生完全不一樣對吧。

可是不曉得為什麼，我覺得他就是阿夏先生。

第三個是波緹小姐。

店裡的接待主任。

雖然她笑起來非常漂亮，但是在夢裡有種絕對不會笑的冷酷感。

人家叫她冷血王。

雖然那種表情可能也很適合她，我比較喜歡現在這個會露出笑容的她。

最後一個是何特先生。

之前在店裡惹麻煩，被交給教會看管的人。現在會來店裡當義工。

何特先生來了之後，基爾史派克先生也跟著來了，以結果來說算好事嗎？

在夢裡，他號稱嫉妒王……自稱嫉妒王是怎樣啊？雖然會令人懷疑他的美感，不過那畢竟是夢裡的事嘛。

我所認識的何特先生，是一個認真又努力的人。

有件事其實不該提，據說在基爾史派克先生做壞事的時候，他是參謀。

但是，基爾史派克先生迷上某家麵包店老闆的女兒，因此改過向善，使得被獨自丟下的何特先生失控了。

基爾史派克先生這麼告訴我們，並且低頭道歉。

是男人之間的友情扭曲了嗎？

唉呀，不好。我的祕密穿幫了。

總、總而言之。

知道那些在恐怖的夢裡出現的人都是熟人之後，我再也沒作過那個夢了。

這是為什麼呢？我現在有點懷念那個夢。

不過，在夢裡基爾史派克先生會鬧事，應該是基爾史派克先生的太太被勇者殺害的關係吧。

他的太太是那個麵包店的女孩嗎？一個會來我們店裡研究店裡麵包的人。

夢裡那幅他太太的畫，看起來像個備受呵護的千金小姐……應該是別人吧。

總而言之，他在夢裡很慘，還是現在這樣就好。什麼問題都沒有。

日後。

馬可仕先生和寶菈小姐帶我去和店長打招呼。

旁邊還有基爾史派克先生、阿夏先生、波緹小姐與何特先生。

真可惜。

如果店長先生把格魯夫先生帶來，就全部到齊了呢。

咦?自我介紹?從我開始?馬可仕先生,不要這樣,不要把我往前推。

「我請她負責店裡的會計工作。要是沒有她,就不會有現在的『馬菈』。」

太抬舉我了啦!

可、可是,不能讓馬可仕先生和寶菈小姐丟臉。

我下定決心,向店長打招呼。

隔天。

我成了夏沙多大屋頂的會計主任。

…………咦?怪了?等一下。

我擔任「馬菈」的會計時,從來沒經手過這種規模的金額耶……

呃,「馬菈」的數字也很誇張就是了。

為什麼戈隆商會的大人物對我這麼恭敬啊?

用不著什麼護衛啦。

咦?專屬辦公室?這倒是讓人有點高興。

還有部下?我心動了……

啊啊,真是的。抵抗也沒用對吧。畢竟在我因為工作的店倒閉而徬徨無助時,是他們僱用了我。

馬可仕先生、寶菈小姐,還有店長先生。請讓我為你們效勞。

不過，確認一下。

為什麼專屬辦公室的隔壁會有我的寢室？我在宿舍有房間喔。

沒有什麼特別的意思對吧？沒有對吧？請不要別開目光。

我想聽的可不是「會增加部下的人數」、「我們會儘快準備」之類的話喔。

閒話 吾空腹

吾空腹。

即使認真地說出這句話，也填飽不了肚子。實在頭痛啊。

全都是因為那些準備餐點的人不知不覺間消失了。

真是的，居然丟下吾一人離開，豈有此理。

不，嗯……或許那些人也有苦衷。責備等聽完解釋再說吧。

首先，得想辦法處理吵鬧的肚子。

手邊……只有裝了水的水壺，沒有食物。

這麼一來，只能去找了。

所幸周圍是森林。

…………

怪了？為什麼是森林？而且吾完全沒有印象？

嗯…………算了，多想無益。森林就是森林。總會有東西吧。

雖然有東西，卻不曉得什麼可吃。

也有些聞起來沒問題，吃下去卻很慘的。

這種時候就需要有人試毒……卻沒人。

此時該拿出勇氣嗎？不不不，仔細一看，顏色有些可疑。

找些比較眼熟的東西吧。應該有才對。

沒有。

過了三天。

水壺的水也喝完了。頭開始發暈。到極限了。

既然這樣，下次就什麼都別想，找到東西就直接吃吃看吧。

此舉危險。明知如此，依舊想吃東西。

呃，雖說應該老實地吃路邊草就好，但是要把不曉得有沒有人動過手腳的東西放進嘴裡……生理上做不到。

理想選擇是樹果。

啊啊，光想就餓了。

……咦？似乎有股很香的氣味。

不是食物。是花香。許多花的香氣混在一起。

花啊……花能吃嗎？

既然將來會結果，那麼還是花的時候吃下去應該也沒問題吧？

回過神時，吾已朝香氣來源飛奔而去。

整片的花田。好美。

然而看來是個陷阱。

往來飛舞的衛兵，三名躲在要衝的密探，以及一名作勢威嚇的武者。嗯……

吾乃遭鮮花引誘的可悲蝴蝶啊。

若非空腹，這點程度還應付得來……

嗯？衛兵撤退？相對地密探數量增加……武者也變多了呢。

呃……這個數量會不會太詐？密探二十名以上，武者十名以上。數量還在增加。放棄去數了，戰鬥也是。

那麼該如何是好？

哼！動嘴。

「吾空腹，欲食此地之花，汝等當讓。」

…………

為什麼對方露出充滿憐憫的眼神。

不要竊竊私語。不對，吾非食花種族！

只是因為空腹，想以花果腹充飢……

嗯？慢著。

裡面那是阿波樹？而且這種季節有結果？真可疑。

不過此時此刻已無關緊要。

能否出讓一顆……不，兩顆，可以的話出讓三顆那種阿波果實？

…………

討論不是因為憐憫吧？是在討論是否出讓吧？

似乎不是。

哎，叫代表出來，代表。

大概是因為說了這種話吧，來了個強壯的傢伙。雖然人模人樣，不過是頭龍。

龍旁邊……這個人類是怎麼回事？

彷彿完成後遭到毀壞又重建的……天縱之才？未來的英雄？

不，彷彿把一個成年的英雄硬是壓回幼年……

縱然是吾，於空腹狀態下違逆此等存在實非上策……哇，突然就被抓住啦！

慢著，無禮之徒！不得如此放肆！

那個奇怪人類和龍逮著了吾，帶往他們的巢穴。

林中竟有如此天地……不可思議的地方。

不，那片花田就是了。

還在思索時，吾已被交給鬼人族。不，該說被鬼人族拎起來了吧。

奇怪的人類和龍捱罵了。哼哼哼，是因為冒犯吾了吧。

這名鬼人族似乎懂得些道理。

嗯嗯嗯，平身。

啊，慢著。這種拎法令人不太舒服。如果可以，拜託溫柔地抱……還有，吾不會再抵抗了，能否拿點吃的……

咦？已經在準備了？可以期待嗎？

喔喔，阿波果實。

那些武者說的嗎？而且，還特地磨成泥……

確認一下，可以吃嗎？不好意思。

好吃。哦哦哦……感動。

儘管狼吞虎嚥很不好意思，依舊忍不住一口接一口。

嗯？其他還有很多……

這也可以吃？不好意思。

哦哦哦……力量恢復了。

哼哼哼，只要肚子填飽，吾就天下無敵。

雖然要對付那個奇怪的人類有點困難……不過旁邊的龍倒是宰得掉。

咦？再來一碗？可以嗎？吾開動了。

這裡似乎是個好地方。

考慮到算是多虧了那兩個無禮之徒，就覺得可以饒恕她們。

嗯，就饒過她們吧。

絕對不是因為有像是龍父母的傢伙晃來晃去而感到害怕。

這個地方看起來比吾還強的有好幾個。

唔，這下糟了。

而且，雖說和武者一對一不會落入下風，武者卻多得數不清。
密探亦然，花田那些似乎年紀還小。要應付大人就有點麻煩了。
但是，吾早已明白，此處地位最高者是誰。
這一週以來，吾絕非只是吃飽了睡。
吾一直在觀察。
該找誰交涉。
對象就是……………那些小貓！

錯了。
地位最高的是人類男子。沒看出來。吾的眼光竟會失準……
不，無妨。人類男子對吾表現得很友善。
哼哼，顯然是拜倒在吾的魅力……啊，小貓比較好？這樣啊。難過。

儘管發生不少事，不過吾就這麼留在此地……「大樹村」叨擾了。
請多指教。
吾名一重。
人稱九尾狐（Ninetail Fox）的種族。

嗯，尾巴還只有一條或許讓人難以置信，不過長大後會變九尾。

雖然能化為人類模樣，但只能變成孩童，還請容許吾維持獸類樣貌。

性別？用看的就知道了吧？

看不出來嗎？

有點受到打擊……吾乃女兒身。

4 九尾狐

在田裡幹活時，小黑的孩子之一跑來找我。

我還在想出了什麼事，結果好像是有隻小狐狸誤闖。

狐狸？

我腦中閃過「害獸」這個詞，但是不可以單靠印象下定論。

先看看再說吧。

我回到宅邸時，烏爾莎和古拉兒已經把小狐狸抱回來了。

小狐狸就像個布偶一樣，很乖巧。

啊，牠的四肢在亂晃。

鬼人族女僕之一抓起小狐狸，責備烏爾莎和古拉兒。

嗯，小狐狸身上很髒呢。兩人把牠抱在懷裡，弄得衣服都黑了。難怪會捱罵。

啊～鬼人族女僕啊。

不要拎著小狐狸的脖子，這樣很可憐耶。

再溫柔一點。

在這個階段，我已經幾乎決定要養這隻小狐狸了。

名字……既然是狐狸，那麼叫空（註：日本人認知中的狐狸叫聲）如何？我覺得不壞耶？

「在下名叫一重。」

遭到本人拒絕了。

嗯，既然已經有名字就沒辦法了。

不不不，重點不在這裡。

小狐狸變成了人類，而且還是個小女孩。她穿著褲裙，一身很像神社巫女的裝扮。

能說話當然再好不過。我正想問她從哪兒來，不過她好像沒辦法長時間維持人類的模樣，馬上就變回小狐狸了。

之後每當她變成人類，我們就會一點一點地打聽情報。

雖然很快就沒這個必要了。

始祖大人一臉消沉地來訪。

好像是處理聖女那件事時碰上麻煩，需要人手。

他在說明時看見和小貓一起玩的小狐狸一重，整個人登時愣住。

我告訴他那是能化身成人類的小狐狸之後，始祖大人當場跪倒在地。

始祖大人原本在找能收留聖女的地方。

雖然事先準備了好幾個候選地點，似乎大部分都出了狀況。

當他們以沒出狀況的地點為中心做收容準備時，卻突然遭到了奇襲。

對方是憤怒的九尾狐。

九尾狐的強度似乎是始祖大人級。

始祖大人無法放著不講理大鬧的九尾狐不管便出面應戰。一場持續數天的死鬥過後，雙方停戰。

九尾狐之所以大鬧，是因為小孩被綁架了，於是始祖大人答應要救出牠的孩子。

藉此讓九尾狐安分。

之後，他動用鄰近的科林教教徒，搜索綁架小孩的人。

為了確保萬無一失，還出動芙修與芙修的部下奇襲對方的據點。

儘管綁架小孩的人大多遭到壓制並逮捕，卻在最後關頭發生了失誤。

對方的老大以傳送魔法逃走了。

雖說是傳送魔法，卻不像始祖大人和比傑爾的那麼好用。這種魔法不曉得會傳往哪裡，很不方便。

原本不是用在自己身上，而是將對手送往遠方，藉此避開危險的魔法。

對方的老大將這種魔法施在自己與小孩身上。

用在自己身上是為了逃亡。至於對小孩施放，推測是為了爭取時間或整人。

這招相當有效。

畢竟始祖大人已經答應九尾狐要救出小孩。

始祖大人全力向各地的科林教徒下指示，不眠不休地忙了兩週，一找再找。

但是找不到。這下糟了。小孩可能有生命危險，於是他焦急地來這裡找援軍，卻看見要找的小孩正在和小貓玩。

名字也確認過了，似乎的確是本人。

始祖大人解釋完，就抱著小狐狸回去了。

回到父母身邊是好事，不過突然分別還是讓人有點寂寞。

小貓們似乎也一樣。

隔天我們就重逢了。

「感謝各位收留我的女兒。」

一位身上衣裝很像和服的黑髮美女。

背後有九條蓬鬆的金毛尾巴，懷裡抱著小狐狸。

一旁，剛施完傳送魔法的始祖大人一副快倒下的模樣。

始祖大人，招呼由我來就好，你先去休息吧。

總而言之，這天舉行了宴會。

狐狸媽媽——九尾狐小姐名叫陽子。

她舉止優雅，難以相信會和始祖大人大打出手。

露和蒂雅黏著我不放，還說「這就是她的伎倆」，這是為什麼？

「嗯。酒菜相當有水準。再來一杯這種酒。麻煩用那個大的杯子。」

她似乎很會喝。

矮人們已經將她當成同伴了。

小狐狸一重則和小貓們一起吃。雖然主要是吃水果，不過肉也能吃。

她猛嚼著鬼人族女僕切成小塊的肉。

陽子小姐認識布兒佳和史蒂芬諾。

以前好像一起鬧過。

兩人紅著臉說都是年輕時的錯誤，因為是在聊往事，難以想像規模有多大。

但是把一個王國化為焦土也未免誇大過頭了吧？

德萊姆好像認得陽子，有點尷尬地坐在比較遠的席位，哈克蓮則是堂堂正正地坐到陽子對面。

還說很適合讓她試試身手。

別在村裡鬧。森林裡也不行喔。

拉絲蒂……因為快生了，所以不參加宴會。

應該差不多了吧。希望生產順利。

大型宴會只有當天，之後小規模的宴會持續不斷。

我心想，總之就持續到始祖大人恢復吧，不過始祖大人恢復得很慢。

「我本來以為會就這麼睡個一百年左右。」

講得真恐怖。還好，幸好五天就醒了。

為了始祖大人，宴會多持續了一天。

之後就剩下準備土產，分別的時刻到了。

小狐狸一重啊，再見嘍。

「不，不走。我要住下來。」

抗拒的是陽子小姐。

呃…………

「這裡強者很多，可以讓一重安全地長大。由我來支配這裡吧。你們就為了我好好幹活。」

不不不，這可得等一下。

正當我想抗議時，始祖大人面帶笑容攔在中間。

然後，他用傳送魔法把陽子帶到外面去。

「怎麼？還想打嗎？」

「不，因為妳好像搞錯了，所以我覺得該告訴妳。」

「你說我搞錯了？」

「嗯。妳看見那位村長之後，有什麼感想？」

「只是個普通人吧？雖然多少感覺得到神的氣息……但不是我的對手。」

「這樣啊。那麼，來打個賭吧。」

「你說打賭？」

「沒錯，打賭。」

「有趣。」

「不，一點也不有趣喔。因為贏家絕對是我。」

「……哦？」

始祖大人用傳送魔法回來，換成帶我出去。

地點……雖然還在「死亡森林」，不過離村子相當遠呢。

西邊嗎？好像猜對了。

然後，他希望我拿擊落飛龍的長槍往陽子小姐丟。

不不不，這實在有點……

「人的模樣會礙事？那麼，這樣如何？」

陽子小姐化成一隻大得亂七八糟的金色狐狸。

她以四隻腳站立……差不多有十公尺？表情相當恐怖。九條尾巴各自像不同的生物般晃動。

然後，陽子小姐就以那副模樣在空中奔馳，速度非常快。

她維持狐狸外型，坐到距離我約有五十公尺的地方。

「那麼，咱們開始吧。」

「慢著，九尾狐。再遠一點比較好喔。」

始祖大人對陽子小姐這麼說道。

「要拉開距離？別瞧不起我了，我可不怕人類的長槍。」

「這樣啊，我警告過嘍。那麼村長，麻煩你了。」

「呃，可是……」

「她似乎想支配『大樹村』。」

這……可就麻煩了。

不，我並不是想說「我才是支配者」這種話。如果有人願意接手麻煩的工作，我倒是很樂意讓給人家，不過……這麼做會對不起這些年來把我當成村長尊敬的人們。

我亮出「萬能農具」化成的長槍。

然後瞄準。雖說對方是隻長相恐怖的狐狸……然而我還是不太願意瞄準頭部。於是我對準了腳。

陽子小姐在我面前下跪賠罪。

「先前多有冒犯，實在非常抱歉。」

站在後面的始祖大人，表情顯得很愉悅。

不，這個嘛，畢竟我也扔了長槍嘛。腳沒事嗎？看來沒事。那就好。

總之，她收回了支配村子一類的發言，於是我們用始祖大人的傳送魔法回村。

一回到村裡，座布團就把陽子小姐綁起來拖走。

呃…………要帶去哪裡呀？

之前座布團都沒在陽子小姐面前現身。

我當時還在想為什麼……會不會她們認識？

畢竟被拖走的陽子小姐臉色都變得慘白了嘛。

小狐狸一重還在和小貓們玩。

我乃九尾狐。

降生於世數百年，活得自由自在，不受拘束——我原本是這麼想的。

大約百年前，我一時興起試著生了個孩子。

照理說孩子應該是我的半身，我卻不覺得有那麼重要。

但是，我也沒冷酷到能當場拋棄她，於是把她交給附近的人類村落照料。

代價是我的庇佑。應該算得上破格的報酬吧。

從此以後，我養成每年和孩子見一次面的習慣。

雖然麻煩，感覺卻不壞。

或許也和那個村落對我和孩子極為尊崇有關。

但是今年情況有變。

負責照料孩子的村落滅了。

短短一年？不可能。

我的庇佑怎麼了？難道被人家打破了嗎？

還有，我的孩子怎麼了！

想到這裡，一股漆黑的情緒油然而生。

回過神時，我已經和不死人之王大打出手。

我和不死人之王休戰。

因為我認得他。

雖然他好像已經忘了我……

啊，忘我的是我啊。哈哈哈，一點都不好笑。

之後查出我的孩子是被綁架了。

不死人之王答應替我奪回孩子，於是我回到村落遺址後待在那裡。

…………

原先那麼興盛的村子，居然這麼簡單就……

根據不死人的說法，好像是勇者幹的。

真是的，這些傢伙總是做不出什麼正經事。還有，不可饒恕。

如果只是在世間搗亂還可以放過，居然打破我的庇佑，危害受我保護的人……就算把這些傢伙分屍也不夠。

我要讓他們在永遠的煉獄裡受苦。

……啊啊，不行不行不行。差點又被漆黑的情緒牽著走了。

動作快一點，不死人之王。我可不曉得自己還能撐多久。

不死人之王遵守了約定。

嗯，幹得好。

我的孩子一重啊。妳沒事吧？會不會怕？這樣啊、這樣啊。

這段時間有人照顧妳是嗎？

嗯，我也去向他們道謝吧。馬上？

想是想……但是不死人之王看起來快死了。

雖然他是不死人所以不會死，但如果繼續硬撐下去，復活會很花時間。

不死人之王，你就休息到明天吧。這段時間由我護著你。

「感謝各位收留我的女兒。」

不死人之王帶我到某個村子。

這裡是……「死亡森林」嗎？

居然有人在這麼恐怖的地方定居。

居民有……不死人、長翅膀的、長角的、耳朵長的，還有蜥蜴，強者相當多。

居然飼養角狼和蜘蛛啊？興趣真特別。

不過，最恐怖的還是龍族。守門龍和……真龍（Ancient Dragon）啊。以前和真龍互毆過好幾次呢。

嗯？有熟面孔。

是古代惡魔族的成員。

還記得咱們曾經一起大鬧過嗎？哈哈哈。那次滅了一個國家呢。呃，還是把大陸弄沉了？太誇大？沉掉的部分只有一半左右是吧。

不行不行不行，久違的宴會讓我興奮過了頭。

都怪這種美味的酒不好。再一杯。

雖然食物也很好吃，不過酒更好。

哎呀，我的孩子……什麼啊，在和小貓玩嗎？

好吧，就隨妳高興。

不好意思，再來一杯酒。就用那個大杯子裝吧。

宴會持續了好一陣子，不過結束終究會到來。

不死人之王醒了，所以別離的時刻到了。

但是，我還不能回去。

要是就這麼回去，不就等於單純接受招待了嗎？

他們照顧我的孩子，必須答謝人家才行。

原本想來了之後再決定送什麼，不過這個村子應有盡有。

既然如此，要給他們庇佑嗎？

不，我的庇佑已經被勇者打破了。

要對抗勇者……乾脆我住下來保護這裡如何？

哦哦，這主意不壞嘛。

這麼告訴他們後，不死人之王就把我帶出去了。

怎麼？咦？我搞錯了？怎麼回事？村長？呃…………喔喔，那個經常逗我孩子和小貓的人啊。

雖然多少感覺得到神的氣息……不過只是個普通人吧？他怎麼了嗎？

「妳搞錯了。他比妳還要強喔。」

「笑話。」

「這樣啊。那麼，來打個賭吧。」

「你說打賭？」

由我和村長較量，如果我打贏就是我贏了；如果村長打贏就是不死人之王贏了。

贏家可以命令輸家做一件事，什麼都行。

真是愚蠢。勝負不是顯而易見嗎。

…………

不死人之王不知為何以憐憫的眼神看著我。

難道說，那個村長真的很強？

……不能大意。雖然不能大意，但是直覺告訴我沒問題。

哼！就奉陪你的兒戲吧。

我和村長距離五十公尺對峙。

果然，我的直覺毫無反應。

只要我有意，這點程度的距離跟沒有一樣，隨時都能殺了他。

而且，村長不願意攻擊我。

我想也是。他看起來就不願對同種下手。

儘管這點值得嘉許，卻也顯得靠不住。

然而……這樣下去賭局無法成立。

我變回獸的模樣。這麼一來他應該比較願意拿起武器了吧。

…………

怎麼回事！突然不對勁了！

我的直覺對於待在這裡感到後悔、恐懼，大喊逃命。

我、我在和什麼對峙啊？

他只是區區人類吧？這股壓力是……那把長槍是什麼！從哪裡掏出來的！

不行，不能發呆！要保護自己！

既然是長槍就是物理攻擊。我張開十八層反物理障壁。

不能大意。我另外張開了二十二層各屬性最高階障壁，用來應付魔法。

合計四十層的多重障壁，我所擁有的最強護盾。

只要架起這種護盾，連龍族的火焰（Breath）都擋得住。

再加上我身上隨時裹著的七層萬能障壁。哪有什麼好怕的。

冷靜下來，然後轉守為攻。

使出我最強的攻擊……

我看見村長的視線從我的臉移到我的腳。

就連思考為什麼的時間都沒有。

村長擲出的長槍，打碎了我最強的護盾，炸掉我的右腳。

怎麼會……

我動用儲存在尾巴裡的魔力，將炸掉的右腳超再生。這波攻擊令人驚嘆，不過扔出唯一的武器實在愚蠢！

接下來，你就後悔沒瞄準我的臉吧！

我看見村長舉起下一發長槍。

…………

他該不會可以拿出很多把那種長槍吧？

我低頭謝罪。

請求人家饒恕應該是我有生以來頭一回。

不不不，我對村子沒有惡意。那個提議是為村子著想。

人家救了我的孩子，我哪可能會想亂來。就是這麼回事。

我也為自己的措辭不當道歉。

我根本沒想過，有人會強大到不需要我保護。

請原諒我的無禮。

不死人之王，你也說幾句話啊。對啊，幫幫我。

支付賭注？我知道，我沒忘。所以拜託你了。

結論，村長是個明事理的男人。

呼……

我變回人類模樣，跟著不死人之王回村。

唉呀呀，真的非常抱……怪了？怎麼了？這些封住我的絲線是？

扯不斷？咦？難道說……

我發出慘叫聲。

等……咦、為、為什麼？蜘蛛女王會……

而且她生氣了。

被帶進村裡那座迷宮之後的事我不想提。

我只能說，存在尾巴裡的魔力用掉大半，以及我暫時動不了了。

還有，成群的角狼。那樣根本犯規。

我是地獄狼約翰。

一號村代理村長替我取的名字。

雖然算不上中意，但是比沒名字來得好。

如果能得到主人命名，我會扔掉這個名字就是了。

我身負小黑大人賜予的使命。

要監視新來的狐狸。

雖然不知道詳情，不過她好像在主人面前表現得很囂張。

不可原諒。

不過，她已經受到制裁，叫我監視似乎是為了觀察今後的發展。原來如此。

但是，為什麼挑上我？我負責的是一號村周邊啊……

算了，反正得到了表現的機會，所以我沒意見。

就讓我好好監視吧。

那隻狐狸叫陽子。

她暫時睡在宅邸的客房，不過似乎打算就這麼住進村裡。

由於主人已經認可，所以對於這點我沒有意見。

睡覺時陽子的小孩一重雖然會和她待在一起，不過一醒來就會去找小貓們。真是溫馨的畫面。

上頭交代不需要監視一重，所以我忽略她。將注意力集中在陽子身上。

陽子雖然能化為人，不過短期內似乎都會維持獸型。

大小和我差不多呢。聽說她其實更大隻……那是原來的模樣嗎？

特徵是九條蓬鬆的尾巴……不過那些尾巴應該是幻術。真尾巴只有一條，瞞不過我的眼睛。

聽說制裁時消耗掉了她的尾巴，大概是因為這樣吧。

有點可憐呢。

不，不能同情她。要嚴加監視。

今天的行動是……

先去廚房向鬼人族女僕們打招呼。

撒嬌一番後得到了果實。

…………

喂，鬼人族女僕小姐！之前我求妳們的時候都不給，為什麼現在給得這麼乾脆！妳們已經被她收買了嗎！

咦？我也有？呃，我並不是這個意思……唔！鎮定一點，我的尾巴。

不要說出去？我可不會輸給賄賂！

不過嘛，這次就……嗯，好吃。

我敗給自己的慾望。深切反省。

但是我有使命在身。於是我追蹤陽子的氣味。

…………

她好像躲起來了，但是沒用。逃不過我的鼻子。

嗯？枕頭大姊。有什麼事嗎？咦？狐狸不在這邊？那邊？收到。

誰都會失敗。

這點小事打不倒我。

…………

很好，找到了。

這裡是矮人們釀酒的工房嘛。

嗯，就算隔了段距離也能聞到酒味。

主人曾經認真地警告過我們，絕對不能讓孩子們接近。

酒量差的還是別靠近比較好。雖然我沒問題就是了。

陽子進了這種地方……她沒進去啊？

她進了釀酒工房隔壁那個有桌子和長凳的地方。

矮人們吃午飯的地方啊？我聽說那裡經常舉辦宴會。

陽子坐到其中一張長凳上縮成一團。提前睡午覺嗎？嗯？有人在？

…………這個氣息，是酒史萊姆。

酒史萊姆同樣坐到某張長凳上。

看起來牠和陽子沒有特別要做什麼。

就這麼過了一會兒。

又來了五個人。

領頭的是叫做什麼聖女的女人。後面則是四個獸人族的女人。

全員手裡都拿著很大的行李。這個氣味是……喔，矮人們的便當啊。

五人將便當擺到桌上之後，矮人們從工房裡出來。

接著就這麼吃起午餐。看來他們是輪流吃飯。

五人回去了，好像是要拿下一批人的便當過來。

矮人們吃得津津有味。

糟糕，差點忘了目的。

陽子……一邊吃矮人們分她的便當，一邊喝酒呢。酒史萊姆也一樣啊。

……
那隻狐狸在幹什麼啊？
要吃飯的話回宅邸就……該不會，是因為在那邊吃飯沒有酒喝，所以跑來這裡要酒？
不會吧。
……
在矮人分成三批輪流吃飯的期間，陽子和酒史萊姆一直在喝。
矮人吃完飯之後，陽子便和酒史萊姆分頭行動。
她想去哪裡？
……
北邊的……花田？
我詢問在花田附近戒備的同伴，得知陽子似乎都會在這個時間來這裡睡午覺。原來如此。
所以呢，在陽子睡覺那個地方的東西是？主人製作的陽子專用床？
唔！好羨慕。
不行，要克制情緒。我是負責監視的。
要冷靜地監視陽子。

……不知不覺間睡著了。太大意了。

我有點焦急，不過沒事。沒跟丟陽子。因為她還在睡。

啊，好像正好要起床呢。她伸了個很大的懶腰。

好啦，接下來要做什麼呢……

嗯？北邊？要進森林嗎？

…………

繼續追蹤。

陽子在森林裡打倒了兩頭巨大野豬後回村。

但是兩手空空。

打倒的豬則是由座布團大人位於附近的孩子們幫忙，用絲線綁住慢慢地搬。

…………

陽子速度很快，而且很強。

我大概贏不了。我感覺得出來，她是壓倒性的強者。

而且，看來她已經發現我在監視了。心知肚明卻放著我不管嗎？真不甘心。

但是，監視要繼續。

畢竟沒說監視不能讓人家發現嘛。我會做到最後。

夜晚。

回到宅邸的陽子維持獸類的模樣進食。

主人雖然很擔心獸類形態的陽子，不過沒這個必要喔。

主人的妻子們擋下了。很好，加油。

飯後，陽子被主人的妻子之一用酒釣進研究室。

記得那是研究魔道具的房間。

她們聊了很多。

細節我不清楚，不過好像討論得很熱烈。

希望能幫上主人的忙。

於是到了深夜。

陽子回到撥給她用的客房……鑽到已經睡覺的一重床上。

嗯。本日的監視，結束。

……………

沒什麼反抗的跡象呢。

不過嘛，或許只是在力量恢復之前假裝順從……

但是她用獸類外表撒嬌的模樣……會是擬態或演戲嗎？

是的話就可怕了。

總而言之，我的直覺說沒問題。

不過，姑且還是監視到天亮吧。

或許她半夜會溜出去呢。

早上預定會和其他伙伴換班。

雖然沒有什麼能當功勞的成果，不過久違地在「大樹村」度過了一天。

就把這點當成收穫吧。

5 夏季的暑氣

夏天。

變熱了。冬天堆的雪山也變得相當小。不過，待在雪山附近很涼快。

可能就是因為這樣吧，村裡的獸類常待在雪山附近。

首先是山羊。

是偷溜出來的嗎？明明沒有離開村子的勇氣卻能來到這裡，真是不簡單。而且成群結隊。

到了晚上可要回去喔。

馬。

喂喂喂，你們一家子在幹什麼呀？

我知道很熱，但是不該擅自跑出來吧？

就算一臉正經我也不會讓你們蒙混過關喔。

晚上記得要回去。

小黑的子孫們。

……休息時間對吧。

那就好。

九尾狐陽子。

「妳在做什麼啊？」

「因為這裡很涼快。」

陽子維持狐狸外貌回答。

「宅邸裡那個會吹送涼風的地方呢？」

「被貓牠們占領了。」

「迷宮呢？那裡也很涼快吧？」

「可以的話我不想去那裡。」

「呃…………」

「等晚上變得涼快之後我會去森林裡打獵。這可不是在偷懶喔。」

「不，我沒有要抱怨啦……我會儘快增加能吹送涼風的裝置。」

「拜託了。」

…………

「還有什麼事嗎？」

「雖然可能是因為用獸類外表的關係，不過在室外仰躺好嗎？」

乍看之下還以為她死了。

要弄個吊床嗎？不，我腦中浮現她被網子纏住努力掙扎的模樣。

「你是不是在想什麼失禮的東西啊？」

「錯覺。別讓肚子著涼喔。」

我回到宅邸。

嗯，那個能吹送冷風的裝置周圍，已經被小貓們占領了。

小狐狸一重也在。稍遠處有小黑和小雪，還有貓和寶石貓珠兒。

天花板……有很多座布團的孩子呢。

呃～

這裡，是我的房間耶？

好像沒人在意。這樣啊。

儘快裝上開關功能吧。

我前往宅邸的工房。

工房裡，山精靈們忙著製作能吹送涼風的裝置。

屋裡熱氣瀰漫。好熱。

明明是在做能吹送涼風的裝置耶。

這原本是賽娜拜託的。

獸人族的嬰兒不太耐熱。

雖說不耐熱，但也不至於因為這一帶的暑氣出什麼事，不過賽娜會擔心。

我明白她的心情，而且我也不想有什麼萬一。

所以，想弄個空調出來。

然而，儘管我知道原理，要做出來卻沒那麼簡單。

不得已，我請露製作冰和風的魔道具，組合起來弄出簡易冷氣……不，應該是電風扇吧？

缺點是沒有開關，也不能調整風力。

但是山精靈們受到了刺激。

山精靈製作的試做品一號附開關且可調整風力，裝在賽娜家裡。

後續我原本想等賽娜的反應，但是想要的人一個接一個。需要量產。

只不過，即使裝置能夠由山精靈們努力量產，充當動力的冰風魔道具依舊只能靠露製作。

目前三天一臺似乎就是極限了。

既然三天一臺是極限，山精靈們那麼熱心又是在做什麼？

當然，是裝置的改良版。

經過不斷改良，尺寸已經比初期款大了一倍以上。

好像比昨天還要大耶？不考慮把它縮小嗎？

總之，我覺得不要想到什麼功能就塞進去比較好……

不，不要有「失敗之後才是重點」之類的想法。這東西用了三個產生風的魔道具對吧？露會發火喔。居然說那種事交給我……

露要是真的發火可是很可怕的喔。

在天氣真的熱起來之前，希望能多完成幾臺。

晚上。

一名鬼人族女僕被安罵了一頓。

理由很單純。

在我房間吹涼風時睡著了。而且，還有點感冒了。這樣當然會捱罵。

我對那臺裝置也很小心。

畢竟它會一直吹送涼風嘛。

像是調整裝置角度或睡前讓它朝外吹等，試了不少方法。

它雖然沒有開關功能，不過可以關掉。

但是，一旦關掉要重開會很麻煩。麻煩到讓人不會去在意魔道具運作帶來的魔石等零件消耗。

唉呀，離題了。

安，要罵等她好了再說。既然感冒了就讓人家休息。

找露拿藥草……露都在忙著弄魔道具吧？找芙蘿拉拿藥草吧。

所以，乖乖去休息。別傳給其他人喔。

看護……要是由我來，安會罵得更凶吧。

儘管不太好意思，只能去拜託手邊有空的人了。

…………

仔細一想，這是村裡第一次有人生病耶？

不，藥一直有在消耗。只是沒有病得很嚴重吧。

就算有小病，也只是跟剛剛那名鬼人族女僕的感冒差不多……

遠處的鬼人族女僕似乎打了個很大的噴嚏。

請保重身體。

我是寶石貓。

名字有很多，因為被很多人飼養過。

不過嘛，每個飼主疼愛的大概都不是我，而是我額前的寶石。

我有自覺。

沒人在乎我。

證據就是，如果我死了，他們應該會開心地搶走我額前的寶石吧。

之所以讓我活下來，是因為額前的寶石在我還活著時會愈來愈大。

只是這樣而已。

老實說，這時的我有點憤世嫉俗。

很丟臉對吧。

轉機是飼養我的人遇襲。

他雖然是人類國家的大人物，不過私底下似乎在做壞事。

我好像就是用來做那些壞事的部分資金，當時正在交易當中。

於是我被襲擊者帶走了。

抵抗？當然不會。

對方可是吸血鬼和天使族喔，我根本不可能是對手吧？

更何況，就算勉強留下，感覺也不會有什麼光明的未來嘛。

雖然被帶走也不見得會有光明的未來就是了。

途中，吸血鬼和天使族談起該怎麼處置我。

看樣子是要帶我去找即將成為我丈夫的貓。

……真是愚蠢。

她們不認識寶石貓嗎？

寶石貓一生只會有一個伴侶。

所以，我選丈夫的標準非常嚴格。

這是出於本能，應該無法單靠我的心情決定……才對。

畢竟，以前從來沒遇上讓我覺得可以當丈夫的對象嘛。

如果想硬來，我就用魔法修理對方。

雖然敵不過吸血鬼和天使族，不過尋常寶石貓……對方不見得是寶石貓呢。

如果是大型的老虎還什麼的該怎麼辦？

啊、啊，我的腳在發抖。

對方是隻普通的貓。

一身黑的貓。

嗯，普通。

可是，不知道為什麼我很中意。

看見牠的瞬間，我就明白牠是我的丈夫。

這就叫命中注定嗎？

總而言之，我出手了。

首先要證明自己比對方強。這是基本原則對吧。

奇怪？躲開了？居然躲掉我的魔法？哼哼哼……相當不簡單呢。

有資格當我的丈夫。

讓我們談談？

可以呀，談將來對吧？想要幾個孩子？你要多少我都生喔。

唔！休想逃跑！

我丈夫逃得很快。而且，逃的地方很巧妙。

吸血鬼和天使族帶我來到一個森林中的村子。

這個村子乍看之下很和平，卻有如地獄中的地獄。

就連帶我來的吸血鬼和天使族都顯得可愛。

我的丈夫已經在這種地方生活了一陣子，很快就找到能保護自己的對象。

但是我不會放棄。

好不容易才找到另一半，我絕對要逮住牠。

可是，不能急。

要是太過焦急而亂來，不止會被趕出去，甚至可能有生命危險。

該慎重行動的時候，就要慎重地行動。

換句話說，我知道什麼時候該撤退。

哼哼哼。

當然不只是這樣。

在這個村子裡不能違逆誰，我也很快就弄清楚了。

那就是鬼人族的安。

…………

不對？是村長？

只要撒嬌叫幾聲，馬上就會來摸我的村長？

既然是你說的我就信，不過……我知道了。不能替村長添麻煩對吧。

還有其他的？

也不能替村長的孩子添麻煩？嗯，也對。沒有父母會坐視人家對自己的孩子出手嘛。我知道了。

咦？還有？還真多耶。

我來到村裡多久了呢？

現在女兒們圍繞在我身邊。

……相反，是我包圍女兒們，要防止牠們逃走。

這些剛出生不久的女兒，很快就俘獲了村民們的心。畢竟牠們很可愛，要說當然也是理所當然；不過只知道寵會對女兒們的教育有不良影響。

首先要練習小心地移動。夠了，不用練習怎麼叫得比較可愛。

就算這招能拿來應付爸爸，對我也派不上用場。好，開始練習嘍。跟著我……不要逃。還有別向爸爸求救。真是的。

女兒們的名字，分別是米迦勒、拉斐爾、烏列爾與加百列。可是，因為名字聽起來太偉大了，所以大家叫牠們米兒、拉兒、烏兒與加兒。

名字太偉大這點我同意。不過，牠們的能力很強。我這樣算不算傻媽媽？

啊，加兒，不可以到外面去喔。田地更不行。回來。

真是的，妳之前才因為溜進田裡被蜘蛛們追著跑吧？學不乖嗎？

米兒，不要爬到村長頭上。妳弄得村長一身傷對吧？村長也別笑，請你把米兒放下來。

原來養小孩這麼辛苦啊？還是說我的女兒們比較特別？

如果是牠們比較特別，希望是往好的方向特別。唉。

不過，有心愛的丈夫與可愛的女兒們。再加上飼主很溫柔，東西又好吃。

現在的我，或許可以說過得很充實。

閒話　某鬼人族的指導

我是鬼人族之一。

負責照顧九尾狐的孩子一重。

一重相當優秀。聽得懂「等一下」。

嗯，雖然她的年紀沒有外表來得那麼幼小，懂得「等一下」或許是理所當然的；不過能溝通這點令人高興。

地獄狼雖然大多數也都懂「等一下」，但是剛出生不久的孩子不懂。不僅如此，牠們還會嚷嚷著要人家把東西都交出來。非常危險。

所以不能讓剛出生的小地獄狼靠近宅邸。前一世代的地獄狼會攔住牠們，並且教育牠們。

地獄狼教育年幼地獄狼的模樣非常可愛。

不過嘛，會讓教師辛苦的也不止地獄狼，每個種族都一樣。

米兒、拉兒、烏兒與加兒這四隻小貓，根本談不上什麼「等一下」。

牠們想鬧就鬧，還會到處上廁所。

所謂的貓，是這種生物嗎？我所知道的貓，好像比較乖巧一點……

然而，安大人不愧是我等的領袖。

她把四隻小貓管教得服服貼貼。真了不起。

雖然牠們不太理我就是了。看見牠們只在安大人面前列隊的模樣，讓人忍不住想抱怨。

小貓們的事先擺一邊，我開始替一重準備吃的。

一重似乎喜歡長在樹上的果實。

但是，她比較喜歡很多種各來一點，而不是只吃一種。

雖然有點費工夫，不過就為了一重好好努力吧。

一重能變成人的模樣。

這時候她雖然能說點話，卻會用到我不太明白的詞彙。

我想那應該是東方國家的特徵，但是用法和原本的意思不太一樣……不，好像是當成綽號。
隨著對話次數增加，我漸漸弄懂了。

一重說的武者就是地獄狼。
呵呵，一重認為自己一對一能贏過地獄狼嗎？有志氣很好，不過看清楚現實吧。

密探指的是惡魔蜘蛛。
一重雖然會威嚇小隻的惡魔蜘蛛，人家卻沒理會她。
畢竟一重也只是威嚇，沒有出手攻擊。
雖然就算她出手，人家大概也不會放在眼裡，不過這點就先保密吧。

衛兵是指諾斯底蜂裡的兵蜂。
一重只要不靠近花田或諾斯底蜂的巢，應該就不會和蜜蜂扯上關係吧。
但是她為什麼會想去花田呢？她很中意那片花田嗎？
從宅邸到花田有段距離，令人擔心。

唉呀，接待員是說我嗎？

雖然沒有錯，不過有時我會希望她能叫我媽媽。

話又說回來，一重是東國出身的嗎？

聽說我們鬼人族的祖先也是來自東國，所以有股親切感。

這就叫命中注定嗎？

來了個自稱一重媽媽的人。唔嗯嗯。

看一重黏她的樣子，應該是正牌的吧。不得已。離別的時候到了。

咦？還是需要接待員？這、這樣啊。雖然我並沒有覺得開心，不過就讓我繼續照料妳吧。

一重的媽媽是陽子大人。

哈克蓮大人告訴我們，她的實力相當強大。是要我們小心伺候她對吧？了解。

這位陽子大人似乎和村長打了一場。

結果是村長贏了。不愧是村長。

然後，陽子大人好像就這麼接著對上座布團大人以及地獄狼小黑大人。

一重的事請包在我身上。

連戰之後，陽子大人變成狐狸的模樣。

的確是一重的媽媽呢。

為了專心恢復，似乎短時間內沒辦法變成人的模樣。這樣啊，要吃長在樹上的果實嗎？

不，我沒有惡意喔。

讓我們好好相處吧。請多指教。

這件事先擺一邊，我已經聽說嘍。

妳每年只和一重見一次面。

妳究竟是怎麼想的才會接受這種狀況啊？

所謂的養育孩子，並不是準備好衣食住和照料她的人就好。

孩子可是需要父母的喔？

唉呀，我可不是在說村長。我是在說妳。

每個人都有擅長與否的領域，所以應該也有人不擅長養育小孩。不擅長還逞強並不好。

然而，就算不擅長，也該把愛投注在孩子身上。就這一點來說，村長可是都有確實地給予子女關愛。

嗯，雖然他不太在乎孩子的順位……

但是他有以父親的身分，表現出自己對孩子的重視。不是讓我知道，是讓孩子們知道。

趁著現在暫時動不了，要不要重新考慮一下自己和一重的相處方式？

嗯，行動可以等恢復再說。

這段時間就由我照顧一重給妳看。

……我知道。我也會照顧妳啦。

不過，一重優先……怪了，一重呢？

和小貓們一起出去了？

唔姆姆，那些小貓，別搶我的一重！

閒話　農業神的自言自語

聖女。

能聽到神諭的特殊個體。

應該可以說是我們諸神把聲音傳到地上的唯一手段。

不過，只有神有辦法確認真假。

因此，地上有很多冒牌聖女。

而且，這種人會拿神諭當幌子，謀求私利滿足私慾。

不可饒恕。

雖然很想給她們天罰卻不能這麼做，這點讓我十分焦慮。

沒錯，不能擅自干涉地上的事。

除非湊齊特殊條件，否則要插手必須兜非常大的圈子。

這是規矩。不能打破。

因此我所能做的，就是一邊想著要對冒牌聖女降下天罰一邊毆打沙包。

啊，毆打沙包的時候要記得戴拳套喔。也不能突然就揮重拳。

一開始要輕輕地……在這之前是不是該先學習正確的打法啊？

咦？問我神的世界有沙包嗎？有啊。嗯，什麼都有。不止沙包，還有訓練手靶和拳擊球喔。

除了拳擊用品之外，還有電視和錄影機，智慧型手機和電腦也有。雖然不能和地上通話，卻能取得情報。

電視能看到很多節目對吧？還能對應不同的世界喔。很厲害吧？

唉呀，離題了呢。不好意思。

呃，言歸正傳……剛剛在講什麼？對對對，說到要給冒牌聖女天罰。冒牌貨可不行啊，冒牌貨。

而且，妄稱神諭是絕許行為。所謂絕許就是「絕對不能容許」的意思。可不是「絕對容許」喔。

總而言之，聖女會將我們諸神的聲音傳達到地上。

可是，嗯，該怎麼說呢……呃……我們諸神啊，幾乎沒什麼話想對地上說。

一來禁止過度干涉地上的事，二來我們也不期待幾句話能有多大的作用。

何況我們和聖女又不是熟人或朋友。

突然對陌生人搭訕也需要勇氣。

一開始根本不知道該怎麼打招呼對吧？

我們也不想被人家當成裝熟詐騙。

曾經有聖女聽到神諭而脫離困境？

啊～那是偶然。

只是偶然聽到某個神說話而已。

方才也說過，我們幾乎不會主動出聲。

畢竟我們並沒有監視聖女的一舉一動，哪會知道她是否陷入困境。

就算知道她陷入困境好了，我們要對她說什麼？

告訴她加油、別放棄之類的就好了嗎？

我們也不是萬能的，要是人家說找不到方向，我們也會很尷尬。

路就該自己開闢對吧？

呃，只是告訴人家該往哪邊走還做得到喔。像是往右往左、往北往南之類的。

但是，結果如何就不曉得嘍。

畢竟我們也不會知道人家是為了什麼而活嘛。

如果想要建議，就得給出更多情報。問些模糊的問題我們也很為難。

不過嘛，給太多情報也會讓我們很頭痛就是了。

總而言之，我們沒辦法解決聖女的處境或國家大事。對不起。

至於聖女靠著聽到神諭而克服危機……就算沒聽到也能克服。請對自己更有信心一點。

那麼、那麼，就會講到我們諸神不會主動搭話的聖女究竟為何而存在對吧？

她們就類似緊急電話，是用來通知地上有緊急狀況的。

我們有準備用在這種時候的訊息喔。

「這裡是神。離那個世界滅亡還剩一小時，請大家不要吵不要鬧，放寬心讓自己平靜下來。」

希望用不到這種訊息。要是真的用上了感覺會被人家當成邪神。究竟是誰想出這種訊息的啊？

無論如何，聖女沒聽到神諭是最好的。

可是。對，可是。

如果沒有要找聖女，要找聖女附近的人該怎麼辦？

這時候就該開口了對吧？

可以拜託聖女傳話對吧？

『農業神是女神。不是老爺爺。』

雖然神像長什麼樣子都沒關係，但是我會介意，所以拜託了！

傳過去啊，我的聲音！

怪了？傳不過去？為什麼？

她是聖女。不會錯。她是聽得到神諭的存在。

而且我是神。

既然如此為什麼我的聲音傳不過去？

…………

我知道了。

因為聖女旁邊有別的神……魔神。

儘管魔神的力量衰退不少，甚至變成了貓的模樣，不過神終究是神。

聖女大概是感受到了神性吧。她好像還為了聽到魔神的聲音自我調整。

簡單來說，就是成了專門聆聽魔神說話的聖女。

一般來說做不到這種事，不過人家就在旁邊嘛。這樣當然做得到吧？

只不過，這麼一來她就成了能聽到地上神祇說話並傳達的存在……不，是能夠和地上神祇交談的聖女對吧？

不可以有這種聖女吧？

會惹爸爸生氣喔？

啊，不過魔神也沒做什麼事……該怎麼辦呢？

觀察之後……魔神好像也沒有經常對她說話……感覺交談也只是聽聖女抱怨。

嗯～

我沒辦法判斷。

交給爸爸處理吧。

總而言之，我的聲音確定傳不過去了。唔嗯嗯！

我一定會想辦法把我的雕像改成女神像。

Farming life
in another world.

Presented by Kinosuke Naito
Illustration by Yasumo

06

◉人類

【街尾火樂】

穿越者暨「大樹村」村長，在異世界努力從事過去夢想的農業。

◉地獄狼族

【小黑】

村內地獄狼的代表，也是狼群的首領。喜歡番茄。

【小雪】

首領的伴侶。喜歡番茄、草莓與甘蔗。

【小黑一／小黑二／小黑三／小黑四　其他】

小黑和小雪的孩子們，排行一直到小黑八。

【愛莉絲】

小黑一的伴侶。優雅恬靜。

【伊莉絲】

小黑二的伴侶。個性活潑。

【烏諾】

小黑三的伴侶。應該很強。

【耶莉絲】

小黑四的伴侶。喜歡洋蔥。性情凶暴？

【吹雪】

小黑四與耶莉絲的孩子。是變異種的冥界狼。全身雪白。

【正行】

小黑二與伊莉絲的孩子。有多位伴侶，是隻後宮狼。

◉惡魔蜘蛛族

【座布團】

村內惡魔蜘蛛的代表，負責製作衣物。喜歡馬鈴薯。

【座布團的孩子】

座布團所生的後代。一部分會於春天離家旅行，剩下的留在座布團身邊。

【枕頭】

座布團的孩子。第一屆「大樹村」武鬥會的優勝者。

◉諾斯底蜂種

【蜂】

村裡飼養的蜜蜂。與座布團的孩子維持共生（？）關係，為村子提供蜂蜜。

◉吸血鬼

【露露西・露】

村內吸血鬼的代表，別名「吸血公主」。擅長魔法，喜歡番茄。

【芙蘿拉・薩克多】

露的表妹。精通藥學，正在努力研究味噌與醬油。

【始祖大人】

露和芙蘿拉的祖父。科林教的首領，被信徒稱為「宗主」。

◉鬼人族

【安】

村內鬼人族的代表兼女僕長。負責管理村裡的家務。

【拉姆莉亞斯】

鬼人族女僕之一。主要負責照顧獸人族。

◉天使族

【蒂雅】

村內天使族的代表，別名「殲滅天使」。擅長魔法，喜歡黃瓜。

【格蘭瑪莉亞／庫德兒／可羅涅】

蒂雅的部下，以「撲殺天使」的稱號聞名。不時要負責抱著村長移動。

【琪亞比特】

天使族族長的女兒。

【蘇爾琉／蘇爾蔻】

雙胞胎天使。

◉蜥蜴人

【達尬】

村內蜥蜴人的代表。右臂纏有布巾，力氣很大。

【娜芙】

蜥蜴人之一。主要負責照顧二號村的半人牛族。

◉高等精靈

【莉亞】

村內高等精靈的代表，以旅行兩百年所培養出的知識，負責村子的建築工作（？）。

【莉絲／莉莉／莉芙／莉柯特／莉婕／莉塔】

莉亞的血親。

【菈法／菈莎／菈露／菈米】

跟莉亞她們會合的高等精靈。

【菈菈薩】

菈法她們的血親。擅長製作木桶。

◉加爾加魯德魔王國

【魔王加爾加魯德】

魔王。照理說應該很強才對。

【比傑爾．克萊姆．克洛姆】

魔王國四天王之一，負責外交工作，封伯爵。勞碌命。傳送魔法使用者。

【葛拉茲．布里多爾】

魔王國四天王之一，負責軍事工作，封侯爵。雖是軍略天才卻喜歡上前線。種族是半人牛。

【芙勞蕾姆．克洛姆】

村內魔族暨文官少女組的代表。暱稱「芙勞」，是比傑爾的女兒。

【優莉】

魔王之女。擁有未經世事的一面。曾在村子住過幾個月。

【文官少女組】
優莉與芙勞的同學兼朋友。在村裡擔任芙勞的部下非常活躍。

【菈夏希・德洛瓦】
文官少女其中之一，是魔王國德洛瓦伯爵家的次女。主要負責照顧半人馬族。

【荷・雷格】
魔王國四天王之一，負責財務工作。暱稱「荷」。

龍

【德萊姆】
在南方山脈築巢的龍，別名為「守門龍」。喜歡蘋果。

【葛菈法倫】
德萊姆的夫人，別名「白龍公主」。

【拉絲蒂絲姆】
村內龍族的代表，別名「狂龍」。是德萊姆和葛菈法倫的女兒。喜歡柿餅。

【德斯】
德萊姆等人的父親，別名「龍王」。

【萊美蓮】
德萊姆等人的母親，別名「颱風龍」。

【哈克蓮】
德萊姆姊姊（長女），別名「真龍」。

【絲依蓮】
德萊姆姊姊（次女），別名「魔龍」。

【馬克斯貝爾加克】
絲依蓮的丈夫，別名「惡龍」。

【海賽兒娜可】
絲依蓮和馬克斯貝爾加克的女兒，別名「暴龍」。

【賽琪蓮】
德萊姆的妹妹（三女），別名「火焰龍」。

【德麥姆】
德萊姆的弟弟。

【廓恩】
德麥姆的妻子。父親是萊美蓮的弟弟。

【廓倫】
賽琪蓮的丈夫。廓恩的弟弟。

【古拉兒】
暗黑龍基拉爾的女兒。

【火一郎】
火樂與哈克蓮的兒子。人類與龍族的混血。

【基拉爾】
暗黑龍。

古惡魔族

【古吉】
德萊姆的隨從，也是相當於智囊的存在。

【布兒佳／史蒂芬諾】
古吉的部下。現在擔任拉絲蒂絲姆的傭人。

惡魔族

【庫茲汀】
四號村的代表。村內惡魔族的代表。

獸人族

【格魯夫】
好林村的使者。照理說應該是一名很強的戰士。

【賽娜】
村內獸人族的代表，從好林村移居至此。

【瑪姆】

獸人族移民之一。主要負責照顧樹精靈族。

●長老矮人

【多諾邦】

村內矮人的代表。最早來到村裡的矮人，也是釀酒專家。

【威爾科克斯／庫洛斯】

繼多諾邦之後來到村子的矮人，也是釀酒專家。

●夏沙多市鎮

【麥可・戈隆】

人類。夏沙多市鎮的商人，戈隆商會的會長。極其正常的普通人。

【馬龍】

麥可先生的兒子。下任會長。

【提特】

馬龍的堂弟。戈隆商會的會計。

【蘭迪】

馬龍的堂弟。戈隆商會的採購。

【米爾弗德】

戈隆商會的戰鬥隊長。

●？？？

【阿爾弗雷德】

火樂與吸血鬼露所生的兒子。

【蒂潔爾】

火樂與天使族蒂雅所生的女兒。

●山精靈

【芽】

村內山精靈的代表，是高等精靈的亞種（？）。擅長建築土木工程。

●半人蛇

【裘妮雅】

南方迷宮統治者。下半身為蛇的種族。

【絲涅雅】

南方迷宮的戰士長。

●半人牛

【哥頓】

村內半人牛族的代表，是身軀龐大而且頭上長牛角的種族。

【蘿娜娜】

派駐員。魔王國四天王之一的葛拉茲為她著迷。

●半人馬

【古露瓦爾德・拉比・柯爾】

村內半人馬族的代表。是一種下半身為馬的種族，腳程飛快。

【芙卡・波羅】

雖是男爵，卻是個小女孩。

●樹精靈

【依葛】

村內樹精靈族的代表。是一種能變成樹木和人類模樣的種族。

●其他

【史萊姆】

在村子裡的數量與種類日益增加。

【牛】

分泌牛奶，不過牛奶產量不像原世界的牛那麼多。

【雞】

提供雞蛋，不過雞蛋產量不像原世界的雞那麼多。

【山羊】

分泌山羊奶。一開始性格狂野，但後來變乖了。

【馬】

為了讓村長移動用而購買的。對古露瓦爾德抱持競爭意識。

【酒史萊姆】

村內的療癒代表。

【死靈騎士】

身穿鎧甲的骷髏，帶著一把好劍。劍術高手。

【土人偶】

烏爾莎的隨從。總是努力打掃烏爾莎的房間。

【貓】

火樂撿回來的貓。充滿謎團的存在。

◉大英雄

【烏爾布拉莎】

暱稱烏爾莎。原為死靈王。

◉巨人族

【烏歐】

渾身長滿毛的巨人。性情溫厚。

◉墨丘利種（人工生命體）

【葛沃・佛格馬】

太陽城城主輔佐。初老。

【貝爾・佛格馬】

種族代表。太陽城城主首席輔佐。女僕。

◉九尾狐

【陽子】

活了數百年的大妖狐。據說戰鬥力與龍族相當。

【一重】

陽子的女兒。已經誕生百年以上，不過還很幼小。

Farming life
in another world.
Presented by Kinosuke Naito
Illustrated by Yasumo

後記

世上有所謂的「既定套路」。又叫做「慣例」。

人們經常用到既定套路。就是因為常用才叫套路。

所以，套路必定會先被猜到。

……這樣還有趣嗎？

請放心。套路就算被猜到還是很有趣。正因為有趣才會變成套路。

發展總是猜得到，不會膩嗎？

當然會膩。不過人們還是會追求它，所以是套路。

我想表達的東西很難懂？

那麼，就用吃飯舉例吧。

「晚餐吃咖哩喔。」

聽到這種預告後，會因為晚餐的確端出咖哩而失望嗎？

不會吧。

但是每天吃咖哩終究會膩。

會尋求其他不是咖哩的食物也是理所當然的。

不過就算是這樣，也不會說自己這輩子再也不吃咖哩吧？

咖哩就是能讓人回頭想吃它。

…………

感覺更難弄懂我想表達什麼了。

簡單來說呢，就是咖哩很好吃……不對，是老套很偉大。

大家好，我是超喜歡既定套路的內藤騎之介。

咖哩倒是還好啦。我喜歡肉和生魚片，不過生肉片就會有點抗拒。

小說的既定套路，就是大多數讀者認為有趣的故事發展。

所以我認為，不需要勉強避開套路。

需要的是把套路處理得有樂趣。

如果以方才的吃飯為例，就是牛肉咖哩之後換成海鮮咖哩。

即使同樣是咖哩，也可以下點工夫加入變化避免讓人吃膩。

把咖哩附的醬菜換成其他配菜，或是不要配飯改配烤餅應該也可以。

我認為，能夠如此讓人一吃再吃的，就算是活用了套路的小說。

我想當個能寫出這種小說的作家。真希望我做得到啊～

下一集也請多指教。

內藤騎之介

我是負責插畫的やすも！
很榮幸總是能開心地畫圖。
今後我也會盡可能努力地傳達作品的魅力，
請大家多多指教。

作者　內藤騎之介
Kinosuke Naito

大家好，我是內藤騎之介。
一顆在情色遊戲農田裡收成的圓滾滾鄉下土包子。
過著有大量錯字漏字的人生。
還請多多指教。

插畫　やすも
Yasumo

有時玩遊戲，有時畫圖。
是一位插畫家。
希望自己能創作出更多元的題材。

異世界悠閒農家

06

下集預告間～聊

大家好，我是蒂雅。

我是存在感逐漸被貓搶走的獸人族賽娜。請多指教。

呃～賽娜？不用那麼自卑嘛。

可是，這本第六集，貓的戲分比獸人族還要多耶！

這個嘛，話是這麼說沒錯……

所以，請給我更多戲分！

原來如此。那麼，我也搭個便車吧。我們明明上了封面，但是戲分太少了！

對啊、對啊！

請給我們更多戲分！

更多戲分！

我們都這麼誠懇了，下一集戲分一定會變多。

07

即將發售！

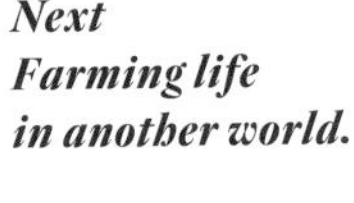

是的話就好了。總覺得狐狸和貓還是會搶盡鋒頭……

賽娜，要抱持希望。就算下一集的主題是新村子也一樣。

好、好的。我會懷抱希望挑戰下一集！

那麼，祈禱名字至少出現一次吧！

……蒂雅小姐，如果能把期望放得再高一點，我會很開心的。

咦？名字要出現兩次？會不會要求太多……

至少期望能在彩頁登場吧！這次都登場了，應該行得通。

我、我知道了。希望下一集也能在彩頁登場！

我想登場！下一集也請多指教！

因為不是真正的夥伴而被逐出勇者隊伍，流落到邊境展開慢活人生 1~4 待續

Kadokawa Fantastic Novels

作者：ざっぽん　插畫：やすも

身負宿命的妹妹&選擇脫離職責的兄長——
曾背負世界命運的兄妹即將展開嶄新的幸福慢生活！

露緹離開勇者隊伍後，人類最強的英雄們紛紛追著她來到邊境佐爾丹的遺跡。艾瑞斯為了實現自己的野心而意圖把露緹帶回去，當他與雷德再次相會後，終於引爆全面對決！拒絕當一名有義務拯救世界的「勇者」，因露緹而起的戰端將會如何收場？

各 **NT$200~220/HK$70~73**

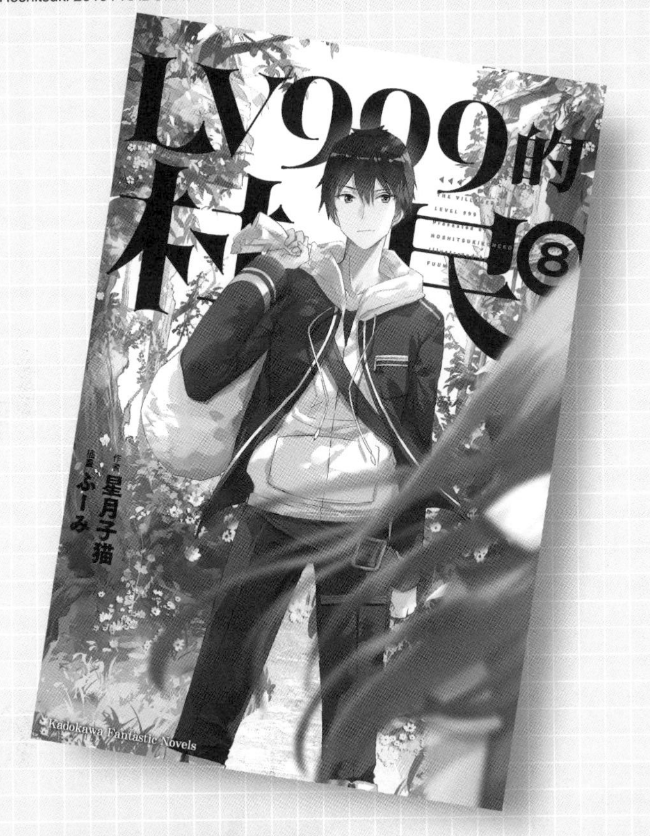

LV999的村民 1~8（完）

作者：星月子猫　插畫：ふーみ

LV999的村民最後到達的境界——
拯救所有世界，打敗迪米斯吧！

鏡被迪米斯轟得無影無蹤，眾人心中只剩下絕望。但是他們並沒有放棄……因為不放棄就是在絕望之中找到希望的唯一方法！毀滅的時刻正步步進逼，爬升到等級極限的普通村民，將會拯救所有絕望的世界！

各 **NT$250~280/HK$78~93**

國家圖書館出版品預行編目資料

異世界悠閒農家/內藤騎之介作 ; Seeker譯. -- 初版.
-- 臺北市 : 臺灣角川股份有限公司, 2021.03-
冊 ; 公分
譯自 : 異世界のんびり農家
ISBN 978-986-524-283-1(第6冊 : 平裝)

861.57 110000943

Kadokawa
Fantastic
Novels

異世界悠閒農家 6

（原著名：異世界のんびり農家 6）

2021年3月17日　初版第1刷發行
2022年12月2日　初版第2刷發行

作　者：內藤騎之介
插　畫：やすも
譯　者：Seeker

發行人：岩崎剛人
總編輯：蔡佩芬
編　輯：彭曉凡
美術設計：莊捷寧
印　務：李明修（主任）、張加恩（主任）、張凱棋

發行所：台灣角川股份有限公司
地　址：104台北市中山區松江路223號3樓
電　話：（02）2515-3000
傳　真：（02）2515-0033
網　址：www.kadokawa.com.tw
劃撥帳戶：台灣角川股份有限公司
劃撥帳號：19487412
法律顧問：有澤法律事務所
製　版：巨茂科技印刷有限公司
ISBN：978-986-524-283-1